Cornelia Lotter

# Luftgrab

## Ki und der Gott der Fliegen

1. Auflage 2015

**Impressum**

**Cornelia Lotter**
Im Läninger 9
72072 Tübingen

lottercornelia@gmail.com
www.autorin-cornelia-lotter.de

Covergestaltung: ©Tanja Börner, www.jos-werbung.de

Bildnachweis: Fotos von Cornelia Lotter

Satz: Torsten Zumpf

ISBN-13: 978-1511508858

ISBN-10: 151150885X

Druck: CreateSpace

**Cornelia Lotter** wurde in Weimar geboren, wuchs in der Nähe auf und studierte in Meiningen Lehramt. Nach zwei Jahren im Schuldienst entschloss sie sich, einen Ausreiseantrag zu stellen und wechselte deshalb als Pflegerin in ein christliches Alterspflegeheim. 1984 durfte sie nach Tübingen übersiedeln, wo sie eine Umschulung zur Industriekauffrau absolvierte. Bis 2014 arbeitete sie als Sekretärin. Ab 2015 ist sie als Freie Autorin tätig.

Für den 1. Band ihrer Leipzig-Krimireihe „Gottesgericht“ erhielt sie 2012 den 1. Leipziger Krimipreis. „Luftgrab – Ki und der Gott der Fliegen“ spielt zwischen dem 3. und 4. Fall der beiden Leipziger Ermittler Kirsten Stein und Martin Bender.

---

Sie standen auf der Aussichtsplattform des alten Peilturms und blickten auf das Meer und die weizengelben Felder. Unter sich die Reste der slawischen Jaromarsburg, links der Leuchtturm von Kap Arkona und daneben der kleinere Schinkelturm. Der starke Wind zerrte an ihren Haaren und riss ihnen die Worte vom Mund. Martin legte den Arm um Ki, und so standen sie minutenlang und genossen ihre Vertrautheit und den Blick in die endlose Ferne der Ostsee.

Dann gingen sie wieder hinein unter die runde Kuppel des Ausstellungsraums, in dem sich der Künstler Nils Peters einen kleinen Arbeitsplatz eingerichtet hatte. Heute war er nicht selbst da, sondern eine Angestellte, die mit kleinen Zangen und Schrauben gerade an einem Schmuckstück arbeitete. Während sie die 111 Stufen zur Glaskuppel emporgestiegen waren, hatten sie auf den einzelnen Etagen Schmuck und Objekte aus Bernstein, Metallen, Holz und anderen Naturmaterialien bewundern können. Sogar Gehörknöchelchen vom Dorsch und Donnerkeile waren in den Schmuckstücken eingearbeitet. Die Kreationen waren wirklich etwas Besonderes. Martin flüsterte Ki ins Ohr, dass er ihr etwas schenken wolle. „Bitte such dir was aus. Ganz egal, was es ist. Ohrringe, einen Ring, was immer du willst und tragen wirst."

Ki trug neben der Goldkette mit dem Anch-Symbol, die ihr Magdis Onkel in Ägypten geschenkt hatte, keinen Schmuck. Doch sie musste zugeben, dass das, was hier ausgestellt war, ihr außerordentlich gut gefiel. Nur das Entscheiden, das war noch nie ihre Stärke gewesen. Schließlich fiel ihre Wahl auf eine Brosche, die mit Gold, Bernstein und Holz gearbeitet war. Mit der würden selbst einfache Pullover zu einem Blickfang werden. Martin war ebenfalls begeistert und zahlte ohne zu murren den stolzen Preis.

Sie warfen noch einen letzten Blick auf die Mobiles, in denen sich die Sonne spiegelte und Lichtreflexe auf die Glaskuppel zauberte, und Ki dachte daran, wie schön diese bewegten Kostbarkeiten in einem Kinderzimmer wirken würden. Doch sie beeilte sich, diesen Gedanken genauso schnell zu verdrängen wie er aufgeblitzt war.

Sie war glücklich, dass Martin sich entschlossen hatte, endlich wieder mit ihr in den Urlaub zu fahren. Der letzte längere Urlaub lag mittlerweile mehr als drei Jahre zurück. Es war damals in Ägypten gewesen, als er so überraschend dort aufgetaucht war, um sie wieder einmal aus einer mehr als prekären Situation zu retten. Seitdem hatten sie nur einige Kurzurlaube über ein verlängertes Wochenende gemacht. Vor ein paar Wochen hatte sie ihm die sprichwörtliche Pistole auf die Brust gesetzt: *Mit dir oder allein!*, hatte ihre deutliche Ansage gelautet. Schließlich war er mit zwei Wochen Rügenurlaub einverstanden gewesen.

Ki kannte, obwohl in der DDR aufgewachsen, die Ostsee noch nicht. Deshalb war ihre Wahl auf dieses Urlaubsziel gefallen. Und bis jetzt hatten sie es noch nicht bereut. Der Sommer war einfach traumhaft! Zwar wehte immer ein ziemlich stürmischer Wind, was sich auch in erheblichem Wellengang und gefährlichen Unterströmungen bemerkbar machte, doch Ki war vorsichtig und schwamm nie zu weit hinaus. Sie wusste, dass die Ostsee tückisch sein konnte, und die roten Grablichter am Strand bei Binz zeugten von den diesjährigen Toten.

Als sie unten wieder vor dem Peilturm standen, schaute Martin auf seine Uhr. „Wann, sagtest du, ist der Treffpunkt mit unserem Wanderführer?" Ki zog ihr *Moleskine* aus dem Rucksack. „Halb drei von Hagen aus."

„Dann sollten wir langsam nach Putgarten zurück laufen", schlug Martin vor. Sie gingen den schmalen Weg zu den beiden anderen Leuchttürmen und genehmigten sich dort noch eine Thüringer Bratwurst vom Rost, bevor sie das Glück hatten, in die Kap-Arkona-Bahn einsteigen und bis zum Parkplatz zurückfahren zu können. Zum Hotel waren es von dort aus nur wenige Minuten und sie saßen kurz darauf in ihrem Auto.

Die Fahrt durch die engen Alleen begeisterte Ki immer wieder. Für den Autofahrer waren sie zwar der Horror, vor allem, wenn entgegenkommende Fahrzeuge zu weit in der Mitte fuhren, was vor allem in Kurven sehr oft der Fall war, doch das Licht- und Schattenspiel auf dem Fahrbahnbelag, die wunderbar alten Baumstämme der Buchen, Eichen oder Linden, rechts und links die gelben Weizenfelder, es war ein Fest für's Auge.

Sie kamen rechtzeitig zum Treffpunkt auf dem Parkplatz, wo schon einige Männer und Frauen warteten. Die Wanderführerin war eine Frau, die sich als Archäologin zu erkennen gab. Während sie durch den kleinen Ort in den Wald gingen, erzählte die Frau Allgemeines über den Nationalpark Jasmund, dessen Buchenwald seit drei Jahren zum UNESCO-Weltkulturerbe gehörte. Sie sprach über die Größe und die Besonderheiten des Nationalparks. So werde dafür gesorgt, dass sich die Flora und Fauna weitgehend ohne Eingriffe des Menschen entwickeln könne, erfuhr Ki.

Die Gruppe ging über weiche Waldwege und blieb hin und wieder an einem besonderen Ort stehen. Ein alter Baum, auf den die Archäologin hinwies, oder die Reste der Herthaburg aus der Zeit der slawischen Besiedlung. Auch mit Sagen zu Herthaburg und Herthasee unterhielt die Frau ihre Zuhörer.

Schließlich kamen sie zu einem jungsteinzeitlichen Großsteingrab. Das, was die Archäologin zu den Begräbnisriten 5000 Jahre zuvor erzählte, interessierte Ki. „Es handelt sich bei der als *Pfenniggrab* bezeichneten Steinsetzung um einen Großdolmen, wie sie hier auf Rügen mehrfach vorkommen. Der Bau eines solchen Grabes mit seinen mehrere Tonnen schweren Steinen ist eine technische Meisterleistung. Mit Hilfe von Hebeln und schiefen Ebenen wurden diese Steine hierher geschafft und entsprechend aufgestellt.

In diesen Gräbern wurden Knochen gefunden, die jedoch nicht nur zu einem Menschen gehörten und die auch nicht vollständig waren. Es ist deshalb davon auszugehen, dass die Gräber für die in der Steinzeit üblichen Zweitbestattungen verwendet wurden.“ Die Archäologin machte eine Pause, bevor sie fortfuhr. „Die Menschen damals begruben ihre Toten nicht, sondern setzten sie an der Luft der Verwesung und dem Fraß durch Wildtiere, Vögel und Insekten aus.“

Ki schüttelte sich. Welch unangenehme Vorstellung! Die Archäologin erklärte weiter: „Diesen Vorgang der Entfleischung bezeichnet man auch als *Dekarnation*. Er wurde in der Zeit der Jäger und Sammler und in der Jungsteinzeit angewendet. Sie findet sich aber noch heute bei einigen Völkern in Papua-Neuguinea, wo es oft in diesem Zusammenhang auch zum Verzehr des Fleisches der Toten kommt. Auch bei den Parsen und Tibetern ist dieser Brauch als Teil des Zoroastrismus heute noch üblich. Hier werden die Leichen in sogenannten *Türmen des Schweigens* oder *Türmen der Stille* ausgesetzt, wo sie von Geiern entfleischt werden. Oder sie werden zerteilt und dann den Tieren zum Fraß überlassen.“

Ki erinnerte sich an einen Spiegel-Artikel, den sie vor Jahren gelesen hatte, und in dem genau über diese Türme geschrieben wurde. Gebaut worden waren sie weit außerhalb von Städten wie Mumbay, dem früheren Bombay, doch mittlerweile waren die Städte immer näher an sie herangerückt und so kam es immer öfter vor, dass auf den Balkonen der Leute Leichenteile landeten, die die Geier verloren hatten. *Lecker*, dachte Ki mit Schaudern.

„Wenn der Leichnam entfleischt war, wurden die übrig gebliebenen Knochen aller in der letzten Zeit gestorbenen Leute gesammelt und in solchen Großgräbern im Rahmen einer feierlichen Zeremonie zweitbestattet.“

Martin schaute Ki mit einem Gesichtsausdruck an, in dem sich seine Gefühle deutlich abzeichneten. Obwohl er durch seinen Job häufiger als ihm lieb war, mit Toten zu tun hatte, schien ihm nicht viel an der Vertiefung dieses Themas zu liegen. Die Archäologin wandte sich nun ab und begab sich wieder auf den Weg zur nächsten Station. Als Ki unterhalb des Grabes an einem der großen Steine vorüberging, sah sie etwas hell im Vorjahreslaub schimmern. Sie bückte sich und hob einen länglichen Gegenstand auf. Erst, als sie ihn in der Hand hielt, wurde ihr klar, was es war: Ein menschlicher Knochen, etwa sechs bis sieben Zentimeter lang. Oder doch bloß der eines Tieres? Die Oberfläche des Knochens war nicht glatt. Wenn sie mit dem Finger darüber strich, spürte sie die Einkerbungen und Absplitterungen deutlicher, als wenn sie sich den Knochen im Dämmerlicht des Waldes betrachtete. Hatte sie es hier mit Bissspuren von Tieren zu tun? Oder wurden ihre Sinne von der Erzählung ihrer Führerin genarrt?

Sie ließ das Gebilde schnell in ihrer Jackentasche verschwinden und schloss zur Gruppe auf, die bereits einige Meter weitergegangen war. Kurz spielte sie mit dem Gedanken, ihren Fund der Archäologin zu zeigen, doch dann beschloss sie, es nicht zu tun. Vermutlich machte sie sich nur lächerlich, wenn es sich um einen Tierknochen handelte. Auch Martin hatte nichts bemerkt. Während der ganzen Führung grübelte Ki darüber nach, wie sie Sicherheit über die Herkunft des Knochens erlangen konnte.

* * *

Als sie wieder im Hotel angekommen waren, fuhr Ki sofort ihren Laptop hoch und rief eine Seite auf, auf der alle menschlichen Knochen aufgeführt waren. Der Knochen, den sie gefunden hatte, gehörte, ihrer Vermutung nach, am ehesten zu einer Hand. Nachdem sie die Bilder studiert hatte, war sie sich ziemlich sicher, dass es sich hierbei um einen Mittelhandknochen handelte. Doch endgültige Sicherheit würde hier nur ein Arzt oder Rechtsmediziner schaffen können. Vielleicht hatten ja auch bestimmte Tiere ähnliche Knochen.

Martin kam aus dem Bad und blickte Ki über die Schulter. „Was machst du denn da? Hat dich der Vortrag der Frau Doktor so inspiriert?“ Ki zeigte ihm ihren Fund und Martin erstarrte. „Um Gottes willen! Wo hast du das denn her?“ Ki erzählte es ihm.

Martins Stirn zeigte die typische Denkerfalte. „Und wenn es sich nun tatsächlich um einen Menschenknochen handelt? Also einen aus jüngerer Zeit?“

„Kann schon sein, der sieht nicht so aus, als habe er fünftausend Jahre in der Erde gelegen.“

„Du hättest wenigstens die Fundstelle fotografieren müssen!“ Ki beruhigte ihn. „Ich habe ein gutes Gedächtnis. Ich weiß genau, wo er lag.“

Sie sah Martins Gesicht an, dass er grübelte. Ki hatte eine Idee. „Was hältst du davon: Ich fotografiere ihn neben einem Lineal von allen Seiten und schick die Fotos per Mail an Franziska. Die kann uns dann vielleicht schon sagen, ob es sich überhaupt um einen Menschenknochen handelt. Wenn ja, überlegen wir weiter. So lange können wir uns ja nochmal dort in der Umgebung ein wenig umsehen. Vielleicht finden wir ja noch mehr davon."

Martin sah sie zweifelnd an. „Das halte ich nicht für eine so gute Idee. Wenn es tatsächlich ein Tatort ist, könnten wir Spuren zerstören."

„Welche Spuren sollen da jetzt nach einer so langen Zeit noch sein? Der oder die Tote ist doch bereits vollkommen verwest. *Dekarniert* oder wie das heißt. Wir helfen den Ermittlern schon mal ein wenig und außerdem dokumentieren wir alles ganz genau. Dafür brauchen wir eine gute Wanderkarte in großem Maßstab, und meine Kamera nehme ich auch mit. Die macht ausreichend gute Fotos."

Martin sträubte sich. „Wir sind doch im Urlaub. Warum willst du schon wieder Detektivin spielen?"

Kis Stimme bebte. „Ich *bin* Detektivin!"

Martin legte ihr beruhigend seine Hand auf die Schulter. „Ist ja gut. Wenn du meinst. Dann gehen wir halt auf Schnitzel – äh – Knochenjagd."

* * *

Sie arbeiteten sich kreisförmig vom Pfenniggrab ausgehend in den Wald vor. Mit einem Stock stocherten sie zwischen altem Laub und totem Holz. „Eigentlich dürfen wir hier im Nationalpark nicht von den Wegen abweichen, das weißt du hoffentlich", hatte Martin zu bedenken gegeben. „Das ist doch für einen Mörder, der eine Leiche verschwinden lassen will, ideal. Er muss nicht mal damit rechnen, dass Pilzsucher oder Hundeausführer über die Tote stolpern." Martin grummelte. Ki spürte ganz genau, dass ihm die ganze Aktion Bauchschmerzen bereitete. Doch sie war nicht bereit aufzugeben. Sie roch förmlich, dass hier etwas gen Himmel stank. Und zwar ganz gewaltig und nicht nur im übertragenen Sinn.

„Ist dir eigentlich auch schon aufgefallen, wie ruhig es hier ist?“, fragte Ki, als sie zu einer kurzen Pause und Kartenstudium wieder zusammentrafen.
„Was meinst du damit?“

„Na, ja, hier sind doch nicht einmal Vögel zu hören.“

Martin lauschte. Außer dem Wind in den Wipfeln und dem leisen Knarren der silbern schimmernden Buchenstämme, die sich bogen, war tatsächlich nichts zu hören. „Irgendwie unheimlich, finde ich.“ Ki schraffierte auf der Karte die Gebiete, die sie bereits abgesucht hatten.

„Du gehst jetzt in die Richtung und ich gehe hier lang“, bestimmte sie, nachdem beide aus ihren Wasserflaschen getrunken hatten.

Der Waldboden war bedeckt von heruntergefallenen und abgebrochenen Ästen und Zweigen. Man merkte, dass hier die menschliche Hand nicht ordnend eingriff, sondern alles dem natürlichen Prozess des Werdens und Vergehens überließ. Manchmal musste sich Ki regelrecht durch das Unterholz kämpfen. Sie bewunderte gerade einen Stamm, der über und über mit Baumpilzen bewachsen war. Wie eine Treppe hatten die Pilze sich ins Holz des Baumes gefressen. Während noch ihr Blick nach oben gerichtet war, kam ihr auf einmal der Gedanke, dass die Leiche, die sie suchten, nicht unbedingt am Boden versteckt sein musste. Was ist, so fragte sie sich, wenn der Mörder von den Bestattungsriten jener Völker wusste, die ihre Toten an der Luft verwesen ließen? Ja, wenn er exakt diese Riten nachstellen wollte. Einschließlich Zweitbestattung im Großsteingrab. *Vielleicht ist ja die Lage des Knochens kein Zufall, sondern Absicht. Vielleicht liegt dort, unter oder zwischen den Steinen ja noch mehr.*

Sie musste sich im Internet noch einmal schlau machen, auf welche Weise genau die Toten – außer auf den Plattformen der Türme – noch bestattet wurden.

Ki ging zurück zum Pfenniggrab und setzte sich auf einen der Steine. Sie zog die Karte heraus und schraffierte die Gegend, die sie gerade abgelaufen war. Als auch Martin eintraf, schlug sie vor, den Rest des Tages mit einem Gang zum Königsstuhl zu beenden. Martin, dem das Herumlaufen im Wald ohnehin nicht besonders zuzusagen schien, stimmte erleichtert zu.

Ihr Weg führte sie erneut vorbei an der Herthaburg und dem Herthasee. Oberhalb vom See machten sie Rast auf einer Bank, von der sie einen guten Blick hinab zum See und auf das Untere zweier entwurzelter Bäume hatten. Sie tranken aus ihren Flaschen und aßen einen Apfel. „Wenn hier jemand eine Leiche verschwinden lassen will, hat er doch genügend Möglichkeiten." Martin wies mit der Hand, in der er den angebissenen Apfel hielt, zum See. Ki widersprach. „Und wenn es ihm nicht einfach nur darum ging, jemand verschwinden zu lassen? Immerhin haben wir ja einen Knochen gefunden. Das spricht nicht vom Versenken im See."

Martin grinste. „Vielleicht hat er ihm oder ihr ja vorher die Hand abgeschnitten." Er biss herzhaft in den Apfel. Ki war erstaunt, wie wenig ernst Martin die Sache zu nehmen schien. Aber vielleicht musste man sich im Laufe der Zeit auch einen gewissen Galgenhumor aneignen, um nicht verrückt zu werden, wenn man in einem solchen Beruf arbeitete. „Übrigens gehen wir, wenn wir Leichenteile finden, nicht automatisch davon aus, dass der dazugehörige Mensch tot ist. Na ja, jedenfalls nicht, wenn es sich um eine Hand handelt."

Das wurde ja immer schöner! Sie kamen noch an einem, mit einer grünen Schicht überzogenem Sumpf vorbei, in dessen Mitte violette Dolden blühten und der ringsum mit Schwarzerlen bewachsen war. Martin zeigte auf den Tümpel. „Hier zum Beispiel. Wenn du den Körper gut beschwerst, kommt er nicht mehr hoch." Ki sparte sich die Entgegnung. Martin schien nicht zu verstehen, worauf es ihr ankam. Und bevor sie nicht weitere Indizien hatte, die ihre Mutmaßung bestätigten, würde sie sich mit ihrer unkonventionellen Meinung nicht der Lächerlichkeit preisgeben.

Sie kamen auf eine Straße. Bevor sie weiter zum großen Parkplatz hinauf gingen, überquerten sie die Straße, weil sie auf der anderen Seite, im Wald, eine Imbissbude gesehen hatten. Beide verzehrten an den rustikalen Tischen ein Fischbrötchen mit Bismarckhering und teilten sich dazu ein Bier. Derart gestärkt mussten sie nicht lange überlegen, ob sie sich den Abstieg zum Strand zumuten wollten.

Über eine Holztreppe, die sich durch den Buchenwald wand, stiegen sie hinunter. Je weiter sie abwärts kamen, umso unangenehmer war Ki der Gedanke an den bevorstehenden Aufstieg. *Jetzt reiß dich zusammen! Du hast in diesem Urlaub noch nicht gerade eine Meisterleistung im Bereich Fitness vollbracht!* Zwischendurch blieben sie stehen und tranken aus ihren Wasserflaschen.

Martin schien das Thema immer noch zu beschäftigen. „Wenn du zum Beispiel vom Höhenwanderweg aus eine Leiche das Steilufer hinunterwirfst, wird die auch nie gefunden. Sie verfängt sich in den Büschen und Bäumen, mit denen die Steilküste bewachsen ist und verwest dort. Kein Mensch dringt dorthin vor."

Ki antwortete nicht darauf.

Endlich unten angekommen, sahen sie zunächst nur ein schmales Ufer, mit Steinen übersät. Hier und da lagen Baumstämme und Äste darauf, große moosig überzogene Steinbrocken schauten aus dem Wasser hervor. Schwäne zogen majestätisch in Ufernähe dahin. Ki fotografierte sogleich Wurzeln und aus verschiedenen Perspektiven die Blicke hinauf zur Steilküste, die mit ihren weißen Kreideabbrüchen ein malerisches Motiv abgab. Martin lief den Strand mit Blick auf die Steine ab. Wahrscheinlich hielt er Ausschau nach Hühnergöttern. Ki rief ihm zu: „Weißt du eigentlich, warum die Steine mit Loch Hühnergötter heißen?" Martin drehte sich um und zuckte mit den Schultern. Ki erklärte ihm, was sie erst vor Kurzem selbst im Internet gelesen hatte: „Die hat man früher den Hühnern ins Nest gelegt.

Angeblich sollen sie dadurch zu besseren Legeleistungen angespornt worden sein."

In der Ferne zog majestätisch ein Schiff vorüber, auf dessen Rumpf der Schriftzug *Stena Line* zu lesen war. Das war die Fähre nach Trelleborg in Schweden, wie Ki wusste. Sie dachte an die Ostseeurlauber zu DDR-Zeiten, wie sie sehnsüchtig den Fähren nachgesehen hatten, die von Sassnitz nach Schweden oder Dänemark fuhren.

Nachdem sie ein wenig in beide Richtungen gewandert waren und von einer Quelle, die über die Felsen auf das Ufer plätscherte, getrunken und ihre Flaschen aufgefüllt hatten, machten sie sich an den Aufstieg. „Ich zähle die Stufen, unterbrich mich also nicht", bat Ki Martin.

Als sie endlich oben waren, verkündete sie stolz: „Vierhundertzweiundzwanzig!"

„Na, da haben wir ja für heute genug geschafft, oder? Jetzt gönnen wir uns irgendwo einen schönen Kaffee."

Sie hatten einen Wegweiser gesehen, der anzeigte, dass sie in zwei Kilometern am Ausgangspunkt ihrer Wanderung, am Schlosshotel in Ranzow ankommen würden und machten sich mit schweren Beinen auf den Weg.

Als sie nach einer guten halben Stunde aus dem Wald heraustraten, sahen sie links oben auf dem Hügel den weißen zinnenbewehrten Turm des Hotels. „Ein paar Kalorien können wir uns wohl auch gönnen", merkte Ki an und dachte dabei an ein fettes Stück Torte. Martin kannte ihre Vorliebe für diese Art Kalorienbombe und lächelte. „Na klar, wer vierhundert – wieviel?“ Ki ergänzte „zweiundzwanzig“, „also vierhundertzweiundzwanzig Stufen hinab- und hinaufsteigen kann, der hat sich ein Stück Torte gewiss verdient.“

Unter liebevollen Frotzeleien gelangten sie auf die Terrasse des Schlosses, wo noch ein Tisch frei war. Von hier hatte man einen schönen Blick ins Tal, auf einen Teil des Golfplatzes und auf die Ostsee. Während sie ihren Kaffee tranken und dazu frische Erdbeertorte mit Schlagsahne aßen, genossen sie die Sonne und spürten der angenehmen Erschöpfung in ihren Muskeln nach. Links von ihnen befanden sich einige Nebengebäude. Davor parkte ein grüner Jeep mit der Aufschrift *Naturpark Ranger*. Ein Mann in olivfarbener Kleidung mit Emblem am Ärmel belud das Auto gerade mit einigen Kisten. *Das wäre auch ein Ansprechpartner bei Fragen*, ging Ki durch den Kopf und sie speicherte sich diesen Gedanken ab.

Wieder auf ihrem Hotelzimmer checkte Ki sogleich ihre E-Mails. Franziska hatte geantwortet. Es handelte sich ihrer Meinung nach mit hoher Wahrscheinlichkeit um einen menschlichen Mittelhandknochen. Ki erzählte Martin davon, als dieser frisch geduscht aus dem Bad kam. „Und was willst du jetzt tun?“, fragte er zurück. „Erst mal informiere ich mich im Web über diese Bestattungsart, wo der Körper entfleischt wird.“

Martins Gesicht zeigte Ki, dass ihm das Ganze gegen den Strich ging. Sie wusste, dass er am liebsten den Knochen beim nächsten Kommissariat abgegeben hätte, das Foto, das Ki noch nachträglich von seinem Fundort gemacht hatte, dazu. Doch er wusste auch, dass Ki nicht so schnell von ihrem Vorhaben abzubringen sein würde. „Okay, tu, was du nicht lassen kannst. Ich lese so lange ein bisschen."

Er legte sich aufs Bett und nahm den neuen Spiegel in die Hand. Ki fing an zu recherchieren. Schon nach wenigen Minuten teilte sie ihre Erkenntnisse Martin mit. „Hör mal, ich hab hier was Interessantes gefunden: Bei der sogenannten Luftbestattung werden die Körper mehr oder weniger hoch über dem Erdboden in freier Luft beigesetzt und dort Aasfressern überlassen. Das heißt, wir müssen nicht am Boden suchen, sondern in die Luft schauen. Vielleicht hängt was an einem Ast oder so." Martin verdrehte die Augen und schwieg. Doch Ki ließ sich nicht so leicht von ihrem einmal eingeschlagenen Weg abbringen. „Hier steht auch, dass man manchmal die Leichen auch verhüllt oder in Baumsärgen vor Fraß schützt." Ki grübelte. Wie man sich das wohl vorstellen musste?

„Auf jeden Fall gehen wir morgen nochmal dorthin und halten nach Dingen in Bäumen Ausschau."

Martin legte den Spiegel aufs Bett. „Warum meinst du eigentlich, ein Mörder – sollte es sich hier tatsächlich um einen Mord handeln – mache sich die Mühe, die Leiche auf eine so derart ungewöhnliche Weise zu entsorgen?"

Darüber hatte sich Ki auch schon Gedanken gemacht. „Vielleicht ist er ein Anhänger dieser vorzeitlichen Bräuche und Riten? Vielleicht ist er ein Zoroastrier, vielleicht ist er auch einfach nur verrückt? Will was Besonderes sein, Aufsehen erregen?"

Martin setzte sich im Bett auf. „Ein was? Ein Zoro ...?“

Ki vollendete das Wort. „Und was soll das sein?“

„Da sieht man mal wieder, wie gut du aufgepasst hast. Das hat doch schon die Archäologin bei ihrer Führung erzählt. Das ist der Anhänger einer im afghanischen Hochland entstandenen monotheistischen Religion. Sie hat über hunderttausend Anhänger, meist im persischen und zentralasiatischen Raum. Die Anhänger in Indien und Pakistan werden als Parsen bezeichnet. Hast du doch sicher schon mal gehört, oder?“

Von Martin kam nur ein „Hmmmm.“

„Der Religionsstifter war übrigens Zarathustra, das sagt dir doch sicher was.“

Martins Gesicht hellte sich auf. *„Also sprach Zarathustra*, das ist so ein tolles Musikstück. Weiß bloß nicht mehr von wem.“ Und er fing an, die bekannte Melodie zu summen.

„Du meinst das Stück von Richard Strauß, das in dem berühmten Film von Kubrick *2001. Odyssee im Weltraum* am Anfang stand, wo die Affen um die Steinplatte hüpfen, oder?“ Ki hatte den Film mal mit Geraldine auf DVD gesehen. Deshalb konnte sie sich noch ganz gut daran erinnern.

„Ja, aber die Musik setzt erst dann ein, als der Oberaffe einen großen Knochen als Waffe entdeckt und damit alles kurz und klein schlägt. Die Mutter aller Kriege sozusagen.“

Ki lachte. „Eine eigenwillige Interpretation. Vielleicht sollten wir uns den Film mal zusammen ansehen. Irgendwo müsste ich die DVD noch haben.

Mal sehen, was wir da noch so alles hinein- und herausinterpretierten können. Immerhin spielt ja auch da ein Knochen eine herausragende Rolle."

„Gute Idee, ist schon eine Ewigkeit her, seit ich ihn das letzte Mal gesehen habe. Das war, glaub ich, noch mit Sarah."

Ki schluckte. Sarah. Wann würde er endlich aufhören, den Namen seiner geschiedenen Frau zu erwähnen? Merkte er nicht, wie sehr sie das schmerzte? Um ihre Gefühle zu unterdrücken, geriet ihre Entgegnung etwas spitzer als beabsichtigt. „Ich meinte eigentlich eine gleichnamige Schrift von Nietzsche, die sowohl Strauß wie auch anderen Künstlern als Inspirationsquelle diente."

Über Martins Gesicht zog ein Grinsen. „Ich kenne von Nietzsche nur einen Satz, der erscheint mir aber sehr wichtig." Er machte eine kurze Pause und sah Ki an. Die wartete darauf, dass er fortfuhr, ahnte aber bereits, was jetzt kommen würde. Martin warf sich in die Brust. „Wenn du zum Weibe gehst, vergiss die Peitsche nicht!" Er grinste jetzt noch breiter. Doch Ki konterte: „Wie die meisten hast du überhaupt keine Ahnung, wie dieser Satz zustande kam. Er ist übrigens auch aus dem *Zarathustra.*"

„Dann klär mich auf, holde Maid", flachste Martin und streckte sich auf dem Bett aus.

„Zarathustra trifft ein altes Weiblein, das ihn bittet, mal etwas über die Frauen zu sagen." Ki biss die Zähne zusammen, denn das, was jetzt kam, war nicht dazu angetan, ihre Stimmung zu heben. Tapfer fuhr sie fort. „Der Weise sagte zu ihr: *Alles am Weibe ist ein Rätsel, und alles am Weibe hat eine Lö-*

*sung: sie heißt Schwangerschaft.*“ Jetzt schaute auch Martin etwas zerknirscht. Wusste er doch genau, dass dieses Thema besser nicht mehr angesprochen wurde. Doch Ki war noch nicht am Ende. „Die beiden, also der Religionsstifter und die Alte redeten dann noch eine Weile über die Gefährlichkeit der Frauen und dass sie sich den Männern unterzuordnen haben. Das Weiblein verabschiedet sich dann von Zarathustra mit den Worten: *Du gehst zu Frauen? Vergiss die Peitsche nicht!* Eigentlich ist dieser Satz nämlich ironisch gemeint und stellt Nietzsches Kritik am repressiven Geschlechterverhältnis seiner Zeit dar.“

Martin gab sich überrascht: „Habt ihr das in der DDR in der Schule gehabt? Ich wusste nicht, dass da Nietzsche auf dem Lehrplan stand.“ Ki warf ihren Hausschuh nach ihm. „Weißt du, heutzutage kann man sich nicht mehr mit unzureichender Schulbildung herausreden. Heutzutage gibt es überhaupt keine Ausrede mehr. Weil es nämlich etwas gibt, dass den Namen *Internet* trägt. Schon mal davon gehört?“

Martin machte ein ratloses Gesicht. „Sollte ich?“

Ki wurde wieder ernst. „Ich würde sagen, wir gehen morgen nochmal dort in den Wald. Diesmal bleiben wir aber zusammen. Und wir schauen nach oben, nicht nach unten. Wenn wir nichts finden, gebe ich auf, versprochen. Den Knochen können wir dann ja hier auf der Polizeidienststelle abgeben. Sollen die doch sehen, was sie damit machen!“

* * *

Diesmal parkten sie auf dem großen Parkplatz vor dem Nationalpark-Zentrum Königsstuhl. Die Fahrt auf der engen Straße nach oben war zwar etwas abenteuerlich gewesen, doch so sparten sie sich einige Kilometer Waldwege. Schnell waren sie am Pfenniggrab angekommen und gingen von hier aus zielgerichtet in den Wald, weg vom Wanderweg. Je tiefer sie in den Wald vordrangen, umso dichter standen die hellgrau schimmernden Stämme der Buchen. Wind war hier überhaupt nicht zu spüren. Stattdessen herrschte eine feuchte Schwüle vor. Plötzlich blieb Ki stehen. Irgendetwas in der Luft hatte sich verändert. „Hörst du es auch?", flüsterte sie. Martin hatte einen angestrengten Gesichtsausdruck. „Nein", schüttelte er den Kopf. „Was?"

„Die Vögel. Jetzt sind plötzlich Vögel da. Viele Vögel. Hörst du es nicht?" Martin nickte. Jetzt schien auch er das Krächzen von Raben und Krähen und das Pfeifen von Bussarden zu hören. Ki fiel noch eine Veränderung auf. Der Geruch war anders geworden. Kein würziger Waldduft mehr, keine frische Ostseebrise, sondern etwas drückend Süßliches, etwas, das sie kannte und das ihr eine Gänsehaut über den Körper jagte. Auch Martin schien es gerochen zu haben. Er griff Ki am Arm und sah sich hektisch um.

„Jetzt wird es wirklich ernst", flüsterte er. „Bist du nicht davon abzubringen weiterzugehen?" Ki brauchte nicht zu überlegen. Ganz egal, was sie da erwartete, sie wollte es sehen. Und so gingen sie, eng beieinander, weiter in den Wald hinein. Das Spektakel der Vögel wurde lauter, der Verwesungsgeruch stärker. Schließlich stieß Ki einen erstickten Schrei aus und zeigte mit dem Finger auf einen Baum, etwa fünfzig Meter entfernt. Auch Martin schien jetzt zu bemerken, was sie sah. An dem Stamm hing etwas herunter. Wie eine Wucherung sah es für den Betrachter aus der Ferne aus. Ki zog ihre Kamera hervor und hielt sich den Sucher vors Auge. Sie fokussierte und zoomte heran. So, mit der vertrauten und geliebten Kamera zwischen sich und dem Grauen, das ihr da zwischen den Maschen eines Netzes entgegenschlug, ließ sich das, was sie sah, besser ertragen.

Wortlos reichte sie die Kamera an Martin, nachdem sie einige Fotos geschossen hatte. Der sog die Luft scharf zwischen den Zähnen ein. „Herr im Himmel, was ist das?“ stieß er hervor.

Kis Stimme zitterte. „Sieht aus wie eine Leiche, die in einem Netz an den Baum gehängt wurde.“

Martin wurde plötzlich förmlich. Ki hatte den Eindruck, als ob soeben eine Wandlung von der Privatperson hin zum Ermittler Kriminalhauptkommissar Martin Bender, vorgegangen wäre. „Wir gehen nicht weiter. Ich rufe jetzt mit dem Handy den Notruf an. Keine Ahnung, wen ich sonst anrufen sollte. Einer von uns bleibt hier, der andere geht zum Steingrab zurück und führt die Kollegen dann zu der Stelle hier. Willst du hier warten oder zum Grab gehen?“

Ki hielt sich an ihm fest. „Ich weiß nicht, ob ich wieder hierher zurück finde. Also bleibe ich wohl besser hier.“

Martin umarmte Ki fest und sie wünschte sich,

dass diese Umarmung nie aufhören möge. *Was habe ich bloß wieder angerichtet mit meiner Neugier und meinem Dickschädel?! Warum kann ich nicht einfach bloß Urlaub machen?*

* * *

Als Martins Schritte im Wald verklungen waren, hockte sich Ki auf den Boden. Ihre Beine waren immer noch zittrig und fühlten sich an, als wäre sie gerade einen Marathon gelaufen. Ihr Gehör nahm nun auch ein Summen wahr. Ein Summen, das nicht von den Vögeln kam. Sie schaute erneut durch das Objektiv ihrer Kamera. Schwärme von glänzend schwarzen Fliegen hatten sich auf dem Boden zu einem wogenden Haufen zusammengetan. Ein Haufen, der sich bewegte, wie von Wellen erzitterte, bebte. Ki beugte sich zur Seite und erbrach ihr Frühstück.

Ihr kam plötzlich die Erklärung eines Rechtsmediziners in den Sinn, mit dem sie über ein Phänomen gesprochen hatte, das mit der Wärmebildkamera in den Hubschraubern zu tun hatte, mit denen man vermisste oder tote Personen suchte. In einem Buch hatte sie gelesen, dass die Temperatur der Leiche wegen der Verwesung nach einer gewissen Anzahl von Tagen am höchsten ist, und der Autor hatte von etwa neunzig Grad gesprochen. Das war Ki ungewöhnlich erschienen und sie hatte einen Rechtsmediziner danach gefragt. Der stellvertretende Leiter der Rechtsmedizin in Leipzig, Doktor Thiele, hatte ihr erklärt, dass die Temperatur bei hohem Madenbefall durch die Reibung zustande kommt, die entsteht, wenn sich die Chitinpanzer der Maden übereinander schieben. Man spreche hier auch von einem Madenteppich. Die Temperatur läge aber höchstens bei dreißig Grad, etwa nach zehn bis fünfzehn Tagen. Schon damals hatte Ki das Bild von wimmelnden Maden über einem Leichnam nicht aus dem Kopf gekriegt. Schmutziggraue Maden, wie der Rechtsmediziner erzählt hatte. Und jetzt hing dort der Rest eines Menschen, und seine Flüssigkeiten waren auf den Waldboden getropft, wo sich die Fliegen daran gütlich taten.

Ki wusste, dass die Forensische Entomologie bei der Bestimmung des Todeszeitpunktes eines Menschen eine wichtige Rolle spielte. Sie hatte sich den Leichnam nicht allzu genau durch ihre Kamera angeschaut, und sie würde das auch nicht tun, wenn sie die Fotos auf ihr Laptop überspielt hätte. Stoff für ihre Albträume hatte sie nun auch so genug. Und sie beneidete die Rechtsmediziner, die sich mit der Bestimmung des Todeszeitpunktes dieser Leiche befassen mussten, kein bisschen. Ein Spiegel-Artikel kam ihr in den Sinn. Sogar die Überschrift wusste sie noch: *Leichenschmaus mit Madengraus.* Darin wurde von einem alten und ausgestorbenen Volk berichtet, das die Fliegen als heilige Tiere und Träger der Seele des Verstorbenen ansah und seine Toten von den verschiedenen Insekten auffressen ließ. Innerhalb einer Woche, so erinnerte sich Ki, hatten die Insekten etwa fünfzig Prozent des Leichnams verspeist. Inklusive Gehirn und innerer Organe. Und in Tennessee gab es eine spezielle *Body-Farm*, auf der die Leichen an der Luft verwesten, damit die forensischen Anthropologen den genauen Verlauf der Verwesung studieren und so wichtige Erkenntnisse für die immer sicherere Bestimmung des Todeszeitpunktes gewinnen konnten.

Ki hatte die Knie an den Oberkörper gezogen und ihren Kopf darauf gelegt. Ihre Arme umschlangen die Unterschenkel. Sie wiegte sich vor und zurück. Hin und her. Blendete ihre Umgebung vollkommen aus. Alles war gut. Sie war in Sicherheit. Wie in Trance bemerkte sie die Menschen erst, als jemand ihr eine Hand auf die Schulter legte. Erschrocken zuckte sie zusammen. Hatte sie sogar vor sich hin gesummt? „Ich bin's nur“, sagte Martin sanft. Er reichte ihr die Hand und zog sie auf die Beine. „Wir müssen jetzt hier verschwinden, das Gebiet wird weiträumig abgesperrt. Morgen sollen wir unsere Aussage auf dem Polizeirevier in Sassnitz machen.“

Ki sah die Uniformierten mit ihren Rollen rotweißen Absperrbandes hantieren und zwei Männer in Zivil auf den Baum mit seiner bizarren Fracht zugehen. Doch sie sah alles wie durch einen Nebel. Sie griff Martins Hand und ließ sie nicht mehr los, bis sie wieder auf dem Waldweg am Pfenniggrab standen, das nun auch innerhalb der Absperrzone lag. Martin wandte Ki sein Gesicht zu. „Wo hast du eigentlich diesen Knochen?“ Ki griff in ihre Jackentasche und zog ihn hervor. „Leg ihn mal dorthin, wo du ihn gefunden hast“, bat sie Martin. Als der Knochen wieder vor dem Fels lag, winkte Martin einen der Polizisten heran und wies darauf. Sie redeten leise miteinander und als sie fertig waren, griff Martin

Kis Arm und sie gingen in Richtung Königsstein davon. „Wir dürfen natürlich über diesen Fund mit niemandem reden. Täterwissen.“ Doch Ki bekam nur die Hälfte von dem mit, was Martin sagte. In ihr war ein Rauschen, das klang, wie das Rauschen der Bäume, die sie umgaben.

* * *

Die Nacht war grauenvoll. Alle paar Stunden schreckte Ki aus einem Albtraum auf, in dem ein Netz mit teilverwestem Inhalt eine Rolle spielte. Außerdem weiße Maden und schwarzschillernde Fliegen. Martin wachte stets von ihrem Schrei auf und hielt sie dann so lange umfangen, bis sie wieder eingeschlafen war. Am Morgen fühlte sie sich wie gerädert.

Das Frühstück nahmen sie wieder auf der kleinen Terrasse des Hotels ein. Das Wetter war genau wie in den vergangenen Tagen wunderbar. Warm und sonnig. Sie blickten auf den liebevoll gepflegten Garten, in dessen Mitte es sogar einen Schwimmteich mit Goldfischen gab. Eine kleine geschwungene Holzbrücke führte hinüber und hinaus aus dem Garten auf ein goldgelbes Weizenfeld. Es war eine Idylle, doch an diesem Morgen waren die Gedanken von Ki alles andere als idyllisch. Sie dachte mit Grausen an die bevorstehende Zeugenbefragung. Martin versuchte sie abzulenken, wo es nur ging. „Sollen wir uns heute Nachmittag einen schönen Strand suchen und ein bisschen schwimmen?“ Ki nickte nur abwesend und biss in ihr Honigbrötchen. Mit Mühe und Not schaffte sie es, ein Brötchen aufzuessen.

Als sie in der Bahnhofstraße in Sassnitz angekommen waren und einen Parkplatz gefunden hatten, atmete Ki noch einmal tief durch und straffte ihre Schultern. „Na, denn, auf in den Kampf!"

Martin tätschelte ihr beruhigend den Arm und gemeinsam betraten sie das Gebäude, um sich beim Pförtner anzumelden.

Sie wurden an der Pforte abgeholt. Als Ki die Frau sah, die auf sie zukam, wollte sie es nicht glauben. „Sonja?" Die so Angesprochene verlangsamte ihren Schritt und runzelte die Stirn. Dann glitt der Schatten des Erkennens über ihr Gesicht und sie ging mit ausgebreiteten Armen auf Ki zu. „Ich fass es nicht! Gundula! Was machst du denn hier?" Beide Frauen umarmten sich. Ki musste angesichts des verständnislosen Gesichtsausdrucks von Martin grinsen. Erklärend sagte sie, zu ihm gewandt: „Wir waren zusammen auf der Polizeischule." Dann folgte sie der Beamtin ins Innere des Gebäudes. „Ich heiße seit acht Jahren Kirsten Stein, meine Freunde nennen mich Ki." Sonja zog erstaunt die Augenbrauen hoch. Ki erklärte: „Ist eine lange Geschichte. Ich hoffe, wir sehen uns bald privat, dann erzähle ich dir alles."

„Unbedingt. So schnell wie möglich. Wie lange seid ihr denn noch hier oben?"

„Nächste Woche nur noch", antwortete Ki. Insgeheim war sie sich dessen jedoch nicht so sicher.

Die Zeugenbefragung erinnerte Ki an ihre erste Begegnung mit Martin vor fast fünf Jahren. Damals hatte er sie auf der Polizeidirektion in Leipzig zu dem Mord an dem alten Ehepaar befragt, das sie tot in ihrer Wohnung entdeckt hatte und die ihre Klienten gewesen waren. Sie musste innerlich grinsen, als sie an den bärbeißigen Bullen dachte, als der er ihr damals erschienen war.

Als Ki und Martin ihre Beobachtungen zu Protokoll gegeben hatten, verabschiedeten sie sich. Sonja hatte die Fotos aus Kis Kamera auf ihren Computer überspielt. Sie tauschten ihre Handynummern aus. „Vielleicht klappt es heute Abend schon", sagte Sonja, „je nachdem, wann ich hier raus komme." Und zu Martin gewandt: „Und falls ich dich überhaupt entführen kann. Nicht, dass ich noch Stress mit deinem Liebsten kriege!" Martin lächelte etwas gequält. Ki umarmte die Polizistin. „Vielleicht schicke ich ihn zum Störtebecker nach Ralswiek, da wollte er sowieso hin, und mich interessiert das Geballere nicht so sehr."

* * *

Vom Polizeirevier aus fuhren sie Richtung Binz, um am Prorer Wiek eine Badestelle zu suchen. Hinter Neu-Mukran bogen sie auf den ersten Waldparkplatz ab, der ausgeschildert war. Ihre Badesachen hatten sie bereits im Auto verstaut, und so liefen sie mit Taschen bepackt durch den Nadelwald Richtung Meer. Ki zog ihre Sandalen aus, als der Untergrund nur noch aus Sand bestand. Es roch nach Harz und Kiefernadeln. Es roch nach Urlaub. Die Aussicht, am Abend mit Sonja gemütlich eine Flasche Wein zu leeren, beflügelte sie und verdrängte die trüben Gedanken an den grausamen Fund vom Vortag. Martin war recht schweigsam. „Hast du was?“, fragte Ki verunsichert. Martin brummte Unverständliches. „Passt es dir nicht, dass ich den Abend allein mit Sonja verbringen will?“ Wieder war nur ein Brummen zu hören. Ki blieb stehen und drehte sich zu ihm um. „Du kannst es ruhig sagen. Ich finde nur, auch im Urlaub müssen wir nicht immer aufeinander hocken. Da kann doch auch jeder Mal seinen eigenen Interessen nachgehen, oder?“

Martin sah sie an. „Ist schon gut. Ich versteh dich ja. Und es macht mir wirklich nichts aus, allein zu dem Freiluftspektakel zu gehen.“

„Dann ist ja gut.“

Sie kamen an einer Ruine heraus. Hohe Nadelbäume verdeckten teilweise die Sicht. Die Seitenwände waren aus normalen Backsteinen gemauert, mehrere Stockwerke hoch. Die Betonplatten der Zwischenetagen klappten wie Zungen heraus und bogen sich erdwärts. Überall griffen rostige Armierungseisen in die Luft wie Knochenfinger. Knochen. Wann würde sie diese Assoziationen nicht mehr haben? Auf dem Dach wuchsen Büsche und Bäume. Die Natur holte sich die Gebäude zurück. „Was ist das denn hier?“, fragte Martin. Ki war ebenso überrascht. „Könnte das vielleicht ein Teil von diesem *Seebad der Zwanzigtausend* sein, das Hitler damals hier an der Küste angefangen hat zu bauen?“ Sie gingen den nächstmöglichen Weg zwischen den Ruinen, die mit einem Zaun gesichert waren, in Richtung Meer. Schließlich waren sie am Strand. Ein Strand, der sich in Richtung Süden noch unendlich lang in einer sanft auslaufenden Bucht hinzog. Überall bunte Schirme und die Umzäunungen mit vielfarbig gemusterten Windschutzen. Sie suchten und fanden ein Plätzchen an der mit Strandhafer bewachsenen Düne und breiteten ihr Badetuch aus.

Ki zog sich sofort ihren Badeanzug an und wollte ins Wasser. Martin hatte es nicht so eilig. „Ich leg mich erstmal ein bisschen hin“, sagte er. Ki mutmaßte, dass er vielleicht doch sauer war, weil sie den heutigen Abend nicht mit ihm verbringen wollte. Vielleicht fühlte er sich abgeschoben. Dabei war es noch nicht einmal sicher, ob es klappen würde. Ki schob die lästigen Gedanken von sich und gab sich ganz den, an diesem Tag wieder unüblich hohen Wellen hin. Sie kamen so schnell nacheinander, dass es kaum möglich war, auf ihnen zu schwimmen oder sich von ihnen tragen zu lassen, ohne Wasser zu schlucken. Zum Glück war das Ostseewasser nicht besonders salzig. Das Rote Meer in Ägypten, wo sie in El-Gouna vor etwas mehr als drei Jahren mit Martin zusammen Urlaub gemacht hatte, war viel salziger. *Vielleicht sollte ich mal wieder runterfliegen*, dachte sie. Sonne und warmes Meer, freundliche Menschen und das Rauschen der Palmen. Ki rief sich die schönen Erinnerungen ins Gedächtnis und achtete nicht darauf, dass sie immer weiter auf's Meer hinaus trieb. Als sie sich aufrichtete, um sich hinzustellen, merkte sie, dass sie keinen Boden mehr unter den Füßen hatte. Und die anderen Schwimmer waren auf einmal nicht mehr um sie herum, sondern viel weiter strandwärts. Kis Herz begann wild zu klopfen. Würde sie die Zahl der Ertrinkungstoten, jener, die die Tücke des Meeres unterschätzt und ihre eigene Kraft überschätzt hatten, erhöhen? *Ruhig, Ki, ruhig!*, redete sie sich wie ein Mantra vor. Und sie schwamm mit kräftigen Stößen in Richtung Strand. Als sie wieder Boden unter den zitternden Füßen spürte, fühlte sie sich ausgepumpt wie nach einem Arnis-Training. Am Flutsaum stand Martin und sah ihr entgegen. Sein Gesicht war von Sorge ganz grau. Er schien ihre Situation verstanden zu haben. In der Hand hielt er ein Badetuch, das er ihr um die Schultern legte. „Komm!", sagte er nur und führte Ki, einen Arm um sie gelegt, zu ihrem Platz. Zum Glück musste sie sich nicht auch noch Vorwürfe anhören. Darauf reagierte Ki grundsätzlich allergisch. Sie wusste selbst meist ganz genau, wann sie Mist gebaut hatte. Schließlich war sie von Martin schon ganze drei Mal aus Situationen gerettet worden, wo sie dem Tod nicht mehr fern gewesen war. Situationen, in die sie allein aus Leichtsinn und Selbstüberschätzung geraten war.

Sie rollte sich auf der Decke wie ein Embryo zusammen und genoss das Streicheln von Martins Hand auf ihrem Körper. *Martin, mein Lieber, wenn ich dich nicht hätte!*

* * *

Sonja war in Kis Hotel gekommen und sie hatten sich einen etwas abgelegenen Tisch auf der Terrasse gesucht. Der Rotbarsch im Eiteig war verzehrt, jetzt widmeten sie sich einer kühlen Flasche Roséweins. „Erzähl doch mal", forderte Sonja Ki auf, „wie ist es dir denn so ergangen nach deinem Rauswurf?“ Ki schluckte den fruchtigen Côtes du Rhône und überlegte, wie ausführlich sie Sonja von ihrer Odyssee erzählen sollte. Natürlich war sie auf diese Frage vorbereitet, und es waren mittlerweile so viele Jahre vergangen, dass sie auch ohne Probleme darüber reden konnte, doch ein Fluchtimpuls in ihr versuchte immer noch, Einfluss auf ihr mühevoll antrainiertes Verhalten zu bekommen. Schließlich erzählte sie. „Nach dem Rauswurf habe ich mich mit verschiedenen Jobs über Wasser gehalten, bevor ich in Tübingen ein Psychologiestudium begonnen habe. Dort habe ich einen Typen kennengelernt - der Name tut nichts zur Sache - mit dem ich eine Zeitlang zusammen war. Als ich merkte, dass es nicht mehr ging, hab ich mich von ihm getrennt, was er aber nicht akzeptieren konnte. Also hat er mich anlässlich einer letzten Aussprache, die passenderweise auf dem Stadtfriedhof stattfand, mit einem Messer übel zugerichtet. Das hat mich zwar nicht das Leben, aber doch eine Niere gekostet.“ Sonja sah sie mit weit aufgerissenen Augen an. Ki trank von ihrem Wein. „Nach der Reha bin ich nach Hamburg gezogen, er ist in den Knast gekommen. Während dieser Zeit habe ich aber immer wieder kleine Aufmerksamkeiten von ihm vor meiner Tür oder im Briefkasten gefunden. Wie ich später erfuhr, wurde er hierin von seiner verlängerten Hand aus dem Knast, von Jochen Häsing, der dir ja auch bekannt ist, unterstützt.“ Sonja stellte ihr Glas so hart auf dem Tisch ab, dass ein Teil des Weins herausschwappte. „Waaaas? Dieser blöde Ausbilder von der Polizeischule?“ Ki nickte. „Ja, genau der. Der mich vergewaltigt hat und nicht über die Schmach meiner Rache hinweg gekommen ist.“ Sonja schüttelte den Kopf, so dass ihre langen braunen Haare wild um ihr Gesicht flogen. „Das gibt's doch nicht! Mensch Gundula… ähm Ki… was musst du durchgemacht haben!“ Ki machte eine wegwerfende Handbewegung.

„Ich dachte, durch einen Umzug nach Berlin würde ich meine Spuren verwischen können, doch auch hier ging der Terror weiter. Der kranke Typ hatte mich ja noch im Gerichtssaal bedroht, so dass ein einfühlsamer Beamter ein Einsehen hatte und ich eine zweite Identität bekam. In Berlin habe ich unter anderem als Domina gearbeitet.“ Ki wartete gespannt auf die Reaktion von Sonja, doch diese schluckte nur trocken und schwieg. Ki erzählte weiter. „Ich ging dann nach Halle, wo ich ein Detektivbüro eröffnet habe und danach nach Leipzig. Dort habe ich dann von dem Beamten erfahren, dass der Typ nach zwei Dritteln seiner Strafe entlassen wurde. Seitdem hatte ich Angst, dass er mich trotz neuen Namens finden würde. Ich hab dann im Keller von so einer alten Fabrikhalle gehaust. Doch er hat mich gefunden und ich wäre fast draufgegangen, wenn nicht Martin – du hast ihn ja kennengelernt – mit seiner Truppe in letzter Minute gekommen wäre und ihn außer Gefecht gesetzt hätte. Jetzt sind Jochen und sein feiner Freund wieder im Knast. Allerdings auch nicht für ewig.“

Sonja legte ihre Hand auf Kis Arm und sah sie aus feuchten Augen an. „Mensch Mädchen, da hast du ja einiges zu verkraften gehabt." Beide schwiegen und hingen ihren Gedanken nach. Danach erzählte Sonja von einem wenig aufregenden Leben, in dem ihre Scheidung das einzig Herausragende gewesen war. Jetzt lebte sie in Sassnitz, wo sie auch auf dem Polizeirevier arbeitete.

Ki wollte das Thema wechseln und endlich etwas über die Ermittlungen im Fall der gefundenen Leiche erfahren. „Du weißt, dass ich eigentlich nichts darüber sagen darf", begann Sonja zögerlich. „Aber ich weiß ja, dass ich bei dir keine Angst haben muss, dass etwas an die Öffentlichkeit dringt. Also normalerweise sind wir auch nicht involviert, die Ermittlungen werden von der Kriminalpolizeiinspektion in Anklam geführt. Zufällig kenne ich aber einen der dortigen Kommissare ganz gut." Sie zwinkerte vielsagend. „Und der hat mir gerade vorhin erzählt, dass die Leiche noch in der Rechtsmedizin in Greifswald untersucht wird. Zur Bestimmung des Todeszeitpunktes hat man einen der beiden renommierten Entomologen hinzugezogen. Das wird aber dauern, du weißt ja, wie das untersucht wird. Da müssen erst die speziellen Fliegenarten, die in dem Gebiet vorherrschen, bestimmt werden, dann die Zyklen ihrer Entwicklung vom Zeitpunkt der Eiablage bis zum Schlüpfen der Maden... " Ki unterbrach den Redeschwall von Sonja. „He du, mein Magen sagt mir, dass er kurz davor ist, meinen Fisch hier auf diesen Tisch zu befördern, wenn du noch weiter ins Detail gehst." Sonja entschuldigte sich. „Sorry, ich bin manchmal so taktlos. Ich kann auch bei Familienfesten anfangen über neueste Erkenntnisse auf rechtsmedizinischem Gebiet zu referieren. Ist sozusagen mein heimliches Steckenpferd." Sie schaute betreten. Dann fuhr sie fort: „Aber über das Gebiss konnte der Rechtsmediziner zumindest schon Mal was sagen. Es handelt sich nämlich mit hoher Wahrscheinlichkeit um eine Osteuropäerin, die Zusammensetzung der Füllungen lässt darauf schließen. Auch das Alter hat er schon ungefähr bestimmen können. Zwischen fünfundzwanzig und dreißig, meint er."

Ki hing an Sonjas Lippen. „Übrigens haben sie noch mehr Knochen gefunden. Die Knochen werden gerade morphologisch untersucht und es wird ein Identifizierungsmuster erstellt. Aber man kann jetzt schon sagen, dass sie nicht nur zu einer Leiche gehören, und dass sie nicht seit der Jungsteinzeit im Grab liegen." Ki rief dazwischen: „Im Grab?"

Sonja nickte. „Ja, man hat die Erde zwischen den Steinbrocken aufgegraben und darunter die Knochen gefunden."

Ki erzählte Sonja von dem, was sie über Zweitbestattungen, Dekarnation und Luftbestattung gelesen hatte. Sonja zog ihr Notizbuch aus der Tasche und schrieb eifrig mit. „Das werde ich noch heute Abend an meinen Kontaktmann weitergeben."

Als Sonja gähnte, beendeten sie ihren „Weiberabend". „Fahr vorsichtig!", rief Ki Sonja nach, als diese zu ihrem Auto ging. Sie selbst war froh, dass ihr die Fahrt durch die schmalen Alleenstraßen erspart blieb. Bei Nacht fuhr sie ohnehin nur Auto, wenn es unbedingt sein musste. Außerdem hatte Martin das Auto gebraucht, um nach Ralswiek zu gelangen. Deshalb war Sonja zu ihr gekommen.

Kis Blick auf die Uhr zeigte ihr, dass auch Martin bald zurück sein müsste. Sie würde die Zeit, die ihr blieb, nutzen, um noch ein wenig im Internet nach Begräbnisriten zu recherchieren.

* * *

Als Martin das Hotelzimmer betrat, hatte sich Ki gerade mit altmexikanischen Begräbnisriten beschäftigt. Bei diesen Riten hatte die Tagetes-Blume, hier auch bekannt als Studentenblume, die Aufgabe, durch ihren Geruch (der Ki als sehr unangenehm im olfaktorischen Gedächtnis geblieben war) die Toten anzulocken. Das war die Crux am Internet: Forschte man nach etwas Bestimmtem, kam man immer vom Hundertsten ins Tausendste, weil man jedem Link im Text folgte, wie bei einer Zwiebel, deren Häute man nacheinander abschälte, sich weiter und weiter zum Kern vortastend. Das führte oft dazu, dass man zum Schluss vor lauter Informationen (Bäumen) das Entscheidende (Wald) nicht sah.

Martin umfing sie von hinten mit seinen Armen. „Na meine Teuerste, wie war euer Frauenabend?" Ki stand auf und legte nun ihrerseits die Arme um seinen Hals. „Interessant. Und bei dir?"

„Imposant."

Sie küssten sich. Martin begann ihre Bluse aufzuknöpfen. Ki zog ihm das T-Shirt über den Kopf. Immer wieder suchten seine Lippen die ihren. Verheddert in ihren halb herunter gezogenen Hosen wankten sie zum Bett und ließen sich darauf fallen. Sie liebten sich leidenschaftlich und fordernd. Hinterher lagen sie schwer atmend nebeneinander. „Morgen früh joggen wir zusammen“, bestimmte Ki. Martin brummte. „Muss das sein? Wir sind hier doch im Urlaub. Außerdem habe ich doch gerade genug Kalorien verbrannt. Lass uns diese Übung lieber morgen früh wiederholen!“ Er grinste.

„Von wegen! Hier gibt es kein Entweder-oder, sondern nur ein Sowohl-als-auch.“ Martin seufzte.

„Gibt’s was Neues zu unserem Fund?“

Ki erzählte ihm, was sie von Sonja wusste. „Das hieße ja, wenn sich das mit den verschiedenen Knochen bestätigt, dass wir es unter Umständen mit einem Serienmörder zu tun haben.“ Daran hatte Ki auch schon gedacht. Ein Serienmörder auf dieser beschaulichen Ferieninsel, ein absurder Gedanke. „Weißt du, was ich mich auch schon gefragt habe“, ließ sich Martin erneut vernehmen, „wie hat er die Leiche da hoch an den Ast gebracht? Ist ja nicht gerade einfach. Und mit einem Hubsteiger ist er ja wohl nicht in den Wald gefahren.“ Darüber hatte Ki auch schon nachgedacht. Doch sie hatte vergessen, Sonja zu fragen, ob es diesbezügliche Erkenntnisse gab.

„Erinnerst du dich noch an die Sendung, die wir kürzlich gesehen haben, wo es um die Baumkletterer ging?“, fragte Ki stattdessen. „Dunkel, wieso?“

„Na, ja, die haben ja solche Steigeisen an den Schuhen, mit denen sie die Bäume hochklettern. Und so Geschirre, die sie sich umlegen, Gurte und Seile, all so was. Die klettern da hoch und ernten

Zapfen zur Samengewinnung. Vielleicht war es so ein Typ. Oder er wusste davon und hat sich das Zubehör einfach im Internet besorgt."

„Ja", stimmte Martin zu, „das wäre eine Möglichkeit. Aber das haben die Kollegen sicher auch schon gecheckt. Bleibst du eigentlich weiter in Kontakt mit deiner Ex-Kollegin?"

Ki hörte deutlich die Hoffnung in Martins Stimme, er könne durch Sonja auf dem Laufenden bleiben. Urlaub hin oder her, der Bulle in ihm hatte Witterung aufgenommen. Sie lächelte. Ihr ging es ja genauso. Sie wollte unbedingt wissen, wer so was Irres tat. „Kann schon sein", warf sie beiläufig hin.

„Gehen wir morgen noch Mal nach Prora? Ich würde mir gern die ganze Anlage ansehen. Mein Geschichtsbild etwas auffrischen. Danach können wir ja an einem anderen Strandstück baden, da gibt's ja überall Zugänge." Martin war schon am Wegdämmern. Er knurrte nur noch. Ki stand auf und machte sich im Bad fertig. Im Gegensatz zu Martin könnte sie nie mit ungeputzten Zähnen schlafen. *Und ohne deine reichhaltige Nachtcreme*, dachte sie selbstironisch. Es war eben eine der vielen Ungerechtigkeiten des Lebens: Männer machten um ihren Alterungsprozess nicht halb so viel Aufhebens wie Frauen. Männer alterten einfach. Und waren für Frauen trotz grauer Schläfen und schütteren Haares immer noch interessant. *Wie ungerecht!*, dachte Ki wieder einmal, bevor sie sich ins Bett fallen ließ und mit einer Hand auf Martins Bauch langsam ins Reich der Träume hinüberglitt.

* * *

Nach einer ausgiebigen Joggingrunde fuhren sie nach Prora. Diesmal stellten sie das Auto auf einem großen ausgeschilderten Parkplatz ab. Es war fast kein freier Platz mehr zu finden. Familien zogen mit bunten Taschen, Sonnenschirmen und aufgeblasenen Tieren Richtung Strand. Doch Ki hatte vor das Vergnügen die Bildung gesetzt. Deshalb ließen sie ihre Badeutensilien im Kofferraum und begaben sich, nur mit Kamera und Rucksäcken, in denen sich hauptsächlich ihre Wasserflaschen befanden, sowie Basecaps gegen die Sonne auf den Gang zu den Blöcken. Schon, als sie rechts auf die Plattenstraße einbogen, die kilometerlang hinter den Blöcken entlangführte, schockte sie der Anblick, der sich ihnen bot. Da waren Bratwurstbuden aufgestellt, Tische luden zum Essen ein und großformatige Werbeplakate priesen neben lukullischen Spezialitäten den Seilgarten, der sich hinter den Fressbuden befand. Bunte Fahnen wehten an Masten und Aufsteller entlang des Weges luden in Ausstellungen über die Geschichte des Gebäudes ein. Sie gingen weiter südwärts, während die Badelustigen den Durchgang, der sich im Block 3 befand, nutzten, um Richtung Strand zu verschwinden.

Dort, wo noch keine Bautrupps dabei waren, die Gebäude zu entkernen und einen Höllenlärm veranstalteten, vermittelten verfallene und marode Mauern, leere oder zugenagelte Fensterhöhlen den Eindruck, dass hier nur noch die Reste verwertet wurden. Ungeachtet der ehemaligen Bedeutung des gesamten Komplexes.

Große Werbeflächen schrien nach Kunden für

die Eigentumswohnungen, die hör- und sichtbar in den historischen Gemäuern entstanden. Baufahrzeuge, große Betonmischer, Putzsilos standen dort, wo gerade gearbeitet wurde. Blaue Kunststoffschlangen spien den Schutt in aufgestellte Container. Staub zog durch die Luft. An manchen Fassaden traf Alt auf Neu; rechts der strahlendweiß sanierte Luxusteil, links die glaslosen Augen der Fenster. Ki war sprachlos. Sie kamen am Immobilienbüro vorbei. Draußen Aufsteller und Flyer in Plexiglaskästen. Investitionsobjekt und Feriendomizil. Der Andrang war gewaltig. Wie es aussah, wenn es fertig war, bot sich ihnen dar, als sie auf die Rückseite der Gebäude gingen. Ein Teil des Blocks war bereits saniert und auf den verglasten Balkonen standen gut genährte Rentner in Badehose und besahen sich die Dünen. Das also wurde nun aus einem Objekt, das für die Nazis als Aushängeschild ihrer Arbeiterfreundlichkeit und gleichzeitig als Beleg ihres Größenwahns galt, und in dem während Jahrzehnten DDR-Diktatur Soldaten gedrillt, Bausoldaten erniedrigt wurden. Umgewandelt durch den real existierenden Kapitalismus in ein Renditeobjekt.

Martin schien von der schieren Größe der Anlage überwältigt. Ki kaute an ihrer Wut. „Lass uns zum Auto gehen und unsere Badesachen holen!", schlug Ki schließlich vor, als sie es nicht mehr aushielt.

Sie kamen wieder an der musikbeschallten Fressmeile vorbei. Kis Blick fiel erneut auf das Schild mit der stilisierten Tanne und im Hintergrund der untergehenden Sonne über dem Meer. „Schau mal", wies sie mit der Hand auf das Banner, „auch hier könnte man das nötige Zeug herbekommen, um die Leiche in den Baum zu hieven." Martin schien mit ihrem Gedankensprung nicht so ganz mitzukommen, denn er sah sie verständnislos an. „Na, ja, kann doch sein, unser Mörder arbeitet dort als Angestellter", setzte sie erklärend hinzu. Jetzt begriff Martin, wie sein Gesichtsausdruck deutlich zeigte.

„Klar, aber wie schon gesagt, könnte er es sich auch über das Internet besorgt haben." Ki widersprach.

„Ich weiß nicht, ob jemand, der noch nie mit solchen Utensilien umgegangen ist, sich das einfach selbst beibringen kann. Meine Vermutung ist, dass er entweder im Bereich der Baumkletterei unterwegs ist oder eben in einem anderen Bereich, wie diesem hier, wo man diese ganze Seiltechnik verwendet."

„Heißt das jetzt, wir müssen da rein und rumklettern?" Martins Stimme verriet deutlich, was er von diesem Gedanken hielt. Ki lachte über seine Miene.

„Nein, nein, so weit ist es noch nicht. Und außerdem müssen *wir* ja den Fall nicht aufklären, oder? Aber ich werde heute Abend, wenn ich wieder mit Sonja telefoniere, meine Überlegungen mit einfließen lassen."

* * *

Nachdem Ki mit Sonja telefoniert hatte, erstattete sie Martin Bericht. „Das Netz – ein handelsübliches Fischernetz – war mit einem sogenannten

Rundtörn, das ist ein Festmacherknoten, an dem Ast befestigt. Möglicherweise kommt der Täter also aus dem Bereich des Fischfangs oder des Segelns. Das ist aber, wie du dir sicher denken kannst, hier oben eher das Übliche als die Ausnahme. Aus dem vorläufigen Obduktionsgutachten wissen wir auf jeden Fall, dass die Frau vermutlich erschlagen wurde. Jedenfalls findet sich ein eingeschlagener Schädel, und die Verletzungen deuten nicht auf einen Sturz hin, da sie sich oberhalb der Hutkrempenlinie befinden. Die endgültige Todeszeitfeststellung steht immer noch aus, aber man nimmt einen ungefähren Zeitpunkt an, der etwa drei Wochen zurück liegt. Die Vermisstendatei hat man natürlich durchforstet, doch passt niemand zum Alter und zur Herkunft der Toten."

„Was ist mit den anderen Knochen?"

„Man hat sie sortiert und geht jetzt von drei verschiedenen Frauen aus, deren Alter ebenfalls wie das der Leiche zwischen fünfundzwanzig und dreißig geschätzt wird. Die müssen allerdings schon eine Weile länger tot sein. Man hat auch ein ziemlich großes Areal um den Auffindeort mit Leichenspürhunden abgesucht, um eventuell weitere Teile zu finden, bisher ergebnislos."

„Weißt du, was mir nicht aus dem Kopf geht?" Martin sah Ki an. Gespannt wartete sie darauf, dass er weiter redete. „Diese vermutlich osteuropäische Herkunft."

„Und wieso?"

„Na ja, ist dir nicht aufgefallen, dass zum Beispiel hier im Hotel fast alle Mitarbeiterinnen im Servicebereich, angefangen von denen, die die Zimmer sauber machen bis hin zu den Servierenrinnen mit Akzent sprechen? Ich vermute mal Polinnen, das läge nahe, denn es liegt nahe." Ki musste ihm Recht geben. Auch ihr war das aufgefallen, doch sie hatte es bis jetzt noch nicht in Zusammenhang mit der Toten gebracht.

„Das werden die Ermittler auch wissen, schließlich kennen die sich hier auf der Insel aus, und ich nehme nicht an, dass unser Hotel das einzige ist, das die vermutlich billigeren polnischen Frauen beschäftigt." Martin nickte. „Klar, ich meine ja nur. Vielleicht könnten wir mal so nebenbei fragen, ob es hier eine junge Frau gab, die plötzlich nicht mehr aufgetaucht ist?" Ki staunte. „Ausgerechnet du willst deinen Kollegen in die Ermittlungen pfuschen? In deinem Urlaub?"

Ki spürte, dass das Jagdfieber von Martin Besitz ergriffen hatte. Ihr ging es ja genauso.

„Jetzt lass uns mal unten was Nettes essen. Vielleicht ergibt sich ja ein kleines Gespräch mit einer der Frauen", schlug Ki schmunzelnd vor.

Sie wurden von Maria bedient, einer schlanken Mittdreißigerin mit blondem Kurzhaarschnitt. Die Angestellten hier trugen alle zum schwarzen Rock eine Weste und darunter eine weiße Bluse. Über der linken Brust ein Namensschild. Als Maria den Wein serviert und die Bestellung aufgenommen hatte, hielt sie Martin mit seiner Frage am Tisch fest. „Maria, woher kommen Sie eigentlich? Und wieso sprechen Sie so gut unsere Sprache?" Maria strahlte ob des Lobs. „Ich komme aus Stettin und habe schon in der Schule Deutsch gelernt. Wir haben viele deutsche Freunde, die wir auch oft besuchen. Und ich arbeite ja jetzt auch schon zwei Jahre hier im Hotel."

Ki fragte weiter. „Sind die anderen Angestellten hier im Hotel auch aus Polen?" Maria nickte. „Ja, wir kennen uns alle schon lange."

„Und wie oft fahren Sie nach Hause? Dort haben Sie doch sicher Familie, die auf sie wartet."

„In der Saison nicht so oft. Jeden Monat für ein paar Tage. Höchstens. Aber der Rest des Jahres ist nicht so viel los. Da kommen manche auch gar nicht her."

Bevor Ki oder Martin weiter fragen konnten, entschuldigte sich Maria und entschwand in Richtung Küche, um ihre Bestellung aufzugeben. Ki zuckte bedauernd die Schultern. Martin legte ihr die Hand auf den Arm. „Wir dürfen sie nicht gleich so bedrängen. Das wirkt nur verdächtig. Lieber allmählich eine Beziehung aufbauen. Immer mal wieder ein bisschen Small Talk."

Ki trank aus ihrem Glas. „Allmählich? Du hast wohl vergessen, dass wir in vier Tagen wieder zurück müssen?"

Martin nickte. „Ja, du hast Recht. Aber schließlich sind wir nicht hier, um einen oder mehrere Morde aufzuklären. Wir sind hier im Urlaub. Und da setze ich mich nicht selbst unter Druck."

Während sie aßen, konnten sie in den Garten schauen und hinter dem Feld die Sonne untergehen sehen. Es war ein idyllisches Bild der Ruhe und des Friedens. Libellen tanzten über dem kleinen Teich, der Gärtner sprengte mit einem Schlauch die Blumen. Ki hatte ihn schon öfter gesehen, wie er mit der Gartenschere die verblühten Rosen abschnitt oder andere Arbeiten verrichtete. Er hatte ein etwas merkwürdiges Aussehen. Seine langen Haare trug er am Hinterkopf mit einem Gummi als Schwanz, um die Stirn hatte er ein buntes gewebtes Band. *Wie ein Hippie,* hatte Ki gedacht. *Eher ein Althippie*, berichtigte sie sich selbst, denn der Mann dürfte die Fünfzig bereits überschritten haben. Martin schien ähnliche Gedanken zu haben, denn er lächelte vielsagend. Vielleicht dachte er an seine eigene Jugend zurück, wo er, wie er einmal stolz Ki erzählt hatte, Gitarrist in einer Rockband gewesen war.

„Was machen wir denn morgen?“, wollte Ki wissen, als sie das letzte Stück Fleisch auf ihrem Teller verspeist hatten. „Hmmmm, hast du eine Idee?“

„Ich würde mir gern die alten Bunkeranlagen oben beim Leuchtturm mal ansehen. Die machen dort auch Führungen.“

Martin war einverstanden. Sie saßen noch eine Weile und leerten die Weinflasche, sahen der Sonne beim Untergehen zu und gingen dann auf ihr Zimmer, um die Bilder von Leichenteilen endgültig aus ihren Gedanken zu verbannen.

* * *

Beim Frühstück wurden sie von einer anderen Angestellten bedient. Ihrem Namensschild war zu entnehmen, dass sie Anka hieß. Als sie ihnen Kaffee in die Tassen schenkte, versuchte Ki einen neuen Vorstoß. „Arbeiten Sie auch schon so lange hier im Hotel wie Ihre Kollegin Maria?“ Anka schüttelte ihre braunen Locken. „Nein, ich bin hier in der ersten Saison. Vorher war ich in einem anderen Hotel auf Rügen.“ Martin machte weiter. „Gefällt es Ihnen hier?“

Anka nickte und errötete gleichzeitig. Sie war einiges jünger als die meisten anderen. Ki sah, dass der Gärtner sie beobachtete. Nur scheinbar beschäftigte er sich mit den Schwertlilien, bei denen er gerade stand. Seine muskulösen Oberarme waren tätowiert. *Irgendwie passt dieser Typ überhaupt nicht zu diesem schnieken Hotel,* dachte Ki. Sein Blick war stechend und aufdringlich. Was glotzte der Mann so?

„Leben Sie eigentlich hier im Hotel?“, wollte Ki jetzt wissen. Vielleicht wäre es günstiger, sich mit den Frauen nach ihrer Arbeitszeit zu unterhalten. „Wir haben ein Haus unten in Vitt“, erklärte Anka und stellte die Thermoskanne auf dem Tisch ab. Dann entschuldigte sie sich und ging wieder hinein in den Frühstücksraum. „Vielleicht sollten wir heute Abend mal runter nach Vitt gehen. Wollte ich mir sowieso mal anschauen, dieses kleine Fischerdorf.“ Martin biss gerade herzhaft in ein Marmeladenbrötchen.

„Man kann auch von Kap Arkona aus unten am Ufer lang nach Vitt laufen, habe ich gehört“, antwortete er, nachdem er den Mund wieder leer hatte.

„Prima, dann machen wir das doch nach der Bunkerbesichtigung“, schlug Ki vor.

Zur letzten Tasse Kaffee holte Ki die Ostsee-Zeitung und gab Martin einen Teil davon ab. Sie wollte sehen, ob schon etwas vom Leichenfund darin stand. Auf Seite drei fand sich eine kleine Meldung. „Sassnitz: Am Montag, 21. Juli, wurde im Nationalpark Jasmund die Leiche einer Frau gefunden. Sie ist zwischen 25 und 30 Jahren alt, ca. 1,70 m groß, blond und stammt vermutlich aus einem osteuropäischen Land. Wer Angaben zur Identität der Toten machen kann oder verdächtige Beobachtungen in den letzten Wochen im Gebiet rund um das sogenannte Pfenniggrab gemacht hat, melde sich auf dem Polizeirevier Sassnitz unter der Telefonnummer…"

Ki schob die Seite zu Martin, der die Meldung aufmerksam studierte. „Mal sehen, ob jemand anruft", sagte Ki. Und freute sich schon auf ihr abendliches Telefonat mit Sonja. Jetzt aber würde sie erst einmal ein paar Übungen machen müssen, das hatte sie schon viel zu lange vor sich her geschoben. Immerhin wollte sie ihre Stöcke nicht umsonst mitgenommen haben. Auf dem Zimmer zog sie sich ihren bequemen Jogginganzug an, griff sich ihre Tasche und ließ Martin allein. Der wollte die Zeit nutzen, um noch ein wenig im Internet nach weiteren ungewöhnlichen Bestattungsarten suchen.

Ki wählte ein Rasenstück, das nach außen von einer Hecke abgeschirmt wurde und durch die hochwachsenden Schwertlilien und Bambus vor Blicken von der Terrasse geschützt war.

Zunächst lief sie zur Erwärmung ein Stück den Feldweg entlang, der hinter dem Hotel zwischen den Weizenfeldern Richtung Küste führte. Als sie wieder zurück war, hängte sie noch ein paar Liegestütze dran und dehnte ihre Arm- und Beinmuskeln. Dann zog sie ihre Turnschuhe aus und begann einige *Anyos* zu laufen. Je länger sie die Übungen lief, umso besser fühlte sie sich. Immer runder und flüssiger fügten sich Armbewegungen, Schritte und Drehungen zu einem Bewegungsablauf, der Außenstehenden wie ein Tanz vorkommen musste. Wie hatte sie das vermisst! Warum war sie zu träge gewesen, schon viel früher in diesem Urlaub zu trainieren? Das vom Morgentau noch feuchte Gras kühlte ihre Fußsohlen und vermittelte ihr ein wunderbares Gefühl des Einsseins mit der Natur.

Nachdem sie die *Anyos* ausgiebig trainiert und einige Abläufe und Techniken verbessert hatte, wendete sie sich dem *Espada y Daga* zu. Hierzu entnahm sie ihrer Tasche eine Übungsmachete und ein Holzmesser, das sie mit der Linken griff. Nun stellte sie alle möglichen Block- und Abwehrbewegungen nach, wie sie diese mit einem Übungspartner oder gegen einen Angreifer ausführen würde. Natürlich waren diese Übungen allein nicht zu vergleichen damit, wenn einem ein Partner zur Verfügung stand. Doch so oft sie Martin schon versucht hatte zu überreden, auch beim Polizeisportverein Modern Arnis zu trainieren, immer hatte er abgewehrt.

Als Ki eine halbe Drehung Richtung Hotel machte, stand auf einmal der Gärtner vor ihr. Erschrocken blockte sie mit dem Stock vor ihrem Körper. Der Gärtner grinste schief. „Was machen Sie denn da? So eine Art Tai Chi?“ Ki versuchte ruhig zu atmen. Was ging den Typen das an!? Sollte er sich doch um seine Pflanzen kümmern!

„Haben Sie nichts zu tun?“, fragte sie deshalb

schärfer als beabsichtigt. Der Gärtner zog den Kopf zwischen die Schultern. Jetzt sah er aus wie eine Schildkröte. Eine Schildkröte mit Stirnband. „Schon gut“, murmelte er und trollte sich wieder. *So ein blöder Typ*, murmelte Ki vor sich hin und packte den Stock und das Messer wieder in ihre Tasche. Er hatte sie aus ihrer Konzentration und Kontemplation gerissen. *Wichser!*, stieß sie zwischen den Zähnen hervor. Dann schlüpfte sie in ihre Turnschuhe und ging durch den Speisesaal auf ihr Zimmer.

Martin saß vor ihrem Laptop und war ganz vertieft in das, was er da las. Ki störte ihn nicht und sprang kurz unter die Dusche. Als sie mit einem Handtuch umwickelt wieder ins Zimmer kam, blickte er vom Bildschirm auf. „Wusstest du, dass die südamerikanischen *Moche*, ein Indiovolk in Peru, ihre Toten ebenfalls einfach so verwesen ließen? Die Fliegen wurden dort von denen verehrt, sie meinten, dass nur so die Seele des Toten aufsteigen konnte. Erst, wenn das Fleisch verwest war, haben sie die Knochen begraben. Den Schädel haben sie vorher mit Zinnober bemalt, in den Mund haben sie Kupferplättchen gesteckt.“

„Ach, in Peru war das? Ja, ich hab mal einen Artikel im Spiegel darüber gelesen, wusste aber nicht mehr, wie das Volk hieß.“ Ki frottierte sich mit einem kleinen Handtuch ihre Haare.

„Die Kultur der *Moche* ging übrigens wahrscheinlich deshalb unter, weil sie bei ihren Opferritualen zu viele junge Krieger opferten und sich so selbst ausrotteten.“

Ki setzte sich auf seinen Schoß. „Und was hast

du sonst noch so Interessantes herausgefunden?“

„Das Volk der *Bo* im Südwesten Sechuans legte seine Toten in Baumsärge und hängte diese an Klippen auf. Auch dieses Volk verschwand übrigens um das Jahr Sechzehnhundert unter mysteriösen Umständen.“

„Hmmm, das mit den Baumsärgen hab ich schon mal irgendwo gelesen. Das machen, glaub ich, noch andere Völker.“

„Der Hammer aber ist das hier“, Martin öffnete einen Reiter. Auf dem Bild waren indigene Frauen zu sehen, die ihre Hände in die Kamera streckten. An allen Händen fehlten Fingerglieder. „Immer wenn ein Mensch stirbt, lässt sich ein weiblicher oder kindlicher Verwandter von ihm einen Finger abhacken. Das ist das Volk der *Dani* in West-Papua, Neuguinea. Damit wollen sie die Geister besänftigen. Und der körperliche Schmerz soll Ausdruck ihres psychischen sein. Krank, was?“

„Hmmm. Gibt es noch andere solch außergewöhnliche Bestattungsarten?“

Martin klickte auf einen weiteren Reiter. „Hier, bei den Küstenindianern in Virginia haben sie dem Toten die Haut abgezogen, haben das Fleisch von den Knochen gelöst, die Haut und die Knochen haben sie in der Sonne getrocknet, dann haben sie die Haut wieder über die Knochen gezogen und den Zwischenraum mit weißem Sand aufgefüllt, so dass die Gestalt wieder hergestellt war. Das Fleisch haben sie ebenfalls getrocknet und dann mit dem Rest wieder begraben. Gruslig, oder?“

„Hoffen wir nur, dass wir es hier nicht mit einem zu tun haben, der verschiedene ausgefallene Bestattungstechniken an seinen Opfern ausprobieren will.“

Ki schüttelte sich bei dem Gedanken. „Widmen wir uns lieber angenehmeren Themen“, sagte Martin und löste das Handtuch, das sich Ki um den Körper gewickelt hatte. Sanft strich er über ihre Brüste. Ki schnurrte unter seinen Händen. „Meinst du, wir haben noch eine halbe Stunde?“, flüsterte sie.

„Wieso nur eine halbe Stunde“, antwortete er mit rauer Stimme, „wir haben doch Urlaub.“

* * *

Bevor sie sich auf den Weg zum Kap Arkona machten, statteten sie der benachbarten Fischräucherei einen Besuch ab. Auf rustikalen Holzbänken verzehrten sie ihr Fischbrötchen und teilten sich dazu ein Bier. Dann wandten sie sich zusammen mit Menschenmassen, die vom großen Parkplatz her kamen, Richtung Leuchttürmen.

Schon beim ersten Gang über das Gelände waren Ki die gebogenen Rohre aufgefallen, die zwischen Gräsern, Margariten, gelb blühenden Stauden und Büschen aus der Erde ragten. Jetzt, als sie durch die Eingangstür trat, die in die Bunkeranlagen führte, ahnte sie, dass es sich hierbei um Belüftungsrohre handelte. Nachdem sie sich einen der Bauarbeiterhelme übergestülpt hatten, die neben der Tür in einem Regal lagen, zeigte ihnen ihr Führer, Gernot Fabian, ein ehemaliger NVA-Soldat, wie er erzählt hatte, die Räume, die man für die Besucher hergerichtet hatte. Der Hauptgang, von dem die einzelnen Bunkerröhren abzweigten, war nur 1,75 Meter hoch, weil, wie Fabian erklärte, durch einen Wassereinbruch in der Bunkeranlage nach Inbetriebnahme eine 30 Zentimeter hohe wasserundurchlässige Betonschicht auf den Boden aufgebracht werden musste. Deshalb musste Ki gebückt gehen, ebenso wie viele andere ihrer Gruppe. In der Hauptausstellung, die man in einer der drei großen Bunker eingerichtet hatte, sah man Tische, auf denen alte Fernmeldetechnik stand, Spinde mit Uniformen und Essgeschirr und dicke Stahltüren, zwischen denen die Schleusen gelegen hatten. Außerdem standen Vitrinen im Raum, in denen Gasmasken, Wimpel, Schnellspritzen für die Erste Hilfe im Ernstfall und andere Ausstellungsstücke lagen. „Wir befinden uns hier im Marineführungsbunker", sagte Gernot Fabian gerade. „der von Neunzehnhundertneunundsiebzig bis Neunzehnhundertsechsundachtzig gebaut wurde. Er hat eine Gesamtfläche von zweitausend Quadratmetern. Er diente der auf dem Bug stationierten sechsten Flottille der Volksmarine und der Vereinigten Ostseeflotte als Gefechtsstand."

Ki betrachtete gerade eine schematische Darstellung der Bunkeranlage, auf der deutlich drei große und mehrere kleine Röhren zu sehen waren. Auch die Worte *Notausstieg* las sie mehrmals. Martin schien sich ebenfalls für die Bunkeranlage zu interessieren. Gernot Fabian erzählte gerade eine nette Anekdote von einem Foto, das von der ganzen Gegend 1985 gemacht worden war und auf dem gut die noch im Bau befindliche Bunkeranlage zu sehen war. Das Foto erschien zusammen mit anderen in einem Bildband zu Ehren des 30. Jahrestages der NVA. Der Bildband befand sich bereits im Handel, als irgendwem auffiel, dass es sich hierbei doch um eine hochgeheime Anlage handelte. Drei Tage nach Erscheinen wurde der Bildband wieder eingezogen und kam später, ohne das Foto, als Neuauflage wieder heraus. Ki grinste in sich hinein. Sowas konnte auch bloß in der DDR passieren.

Nach einer Dreiviertelstunde verabschiedete Gernot Fabian seine Gäste und erklärte sich bereit, noch Fragen zu beantworten.

Er klapperte mit seinem großen Schlüsselbund und verschloss die Tür, nachdem auch der Letzte durch den Ausgang ins Freie gelangt war. Sein Gesicht war seltsam ausdruckslos. Ki überlief ein Frösteln, als sie in den warmen Sommertag trat. Wieso fühlte sie in Gegenwart dieses Mannes so einen Anflug von Kälte? „Was waren denn Ihre Aufgaben, als Sie hier Dienst taten?“, fragte sie ihn, der bereits wieder auf dem Weg zum Leuchtturm war. „Ich war Funker. Zusammen mit ähnlichen Einrichtungen wie hier, zum Beispiel in Tessin, war es unsere Aufgabe, jegliches Eindringen von NATO-Schiffen in unsere Gewässer aufzuklären und zu unterbinden. Wir haben auch alle Bewegungen außerhalb unserer Hoheitszone beobachtet.“

Ki fragte: „Und wie war es mit denen, die versucht haben, über die Ostsee in den Westen zu fliehen?“ Diese Frage war dem Bunkerführer sichtlich unangenehm. „Klar, haben wir auch solche Versuche mit unserer Radarstation aufgeklärt und wenn möglich verhindert.“

Klar. Er gab es wenigstens zu. Als wolle er ablenken oder das Gesagte entschärfen, setzte er noch hinzu: „Meistens waren wir ja nur zu viert. Nur wenn Manöver waren, so drei oder vier Mal im Jahr war hier Hochbetrieb. Sonst war es eher ruhig."

„Dann kennen Sie sozusagen hier unter der Erde jeden Meter wie ihre Westentasche."

„Jo. Kann man so sagen."

„Und was geschah nach der Wende mit dem Bunker?"

Gernot Fabian hielt im Gehen inne und drehte sich zu Ki um. „Am dritten Oktober Neunzig wurde der Geschützte Gefechtsstand der sechsten Flottille stillgelegt. Die Bundesmarine übergab Ende Vierundneunzig die Bunkeranlage an das allgemeine Grundvermögen des Bundes. Fünf Jahre später erwarb dann die Gemeinde Putgarten das Gelände und richtete es für Ausstellungen her. Man musste eine Asbest-Entkernung durchführen und zwei neue Fluchtwege schaffen. Am zweiten Oktober vor genau zehn Jahren wurde dann das Bunkermuseum eröffnet."

Ki bedankte sich für die Informationen und nahm Martins Hand. Der Bunkerführer tippte sich an seine Basecap und ging in Richtung Leuchttürme davon. Ki bemerkte, was ihr vorher nicht aufgefallen war, dass er sein linkes Bein leicht nachzog. Auch Martin blickte ihm nach und sagte: „Arme Schweine, die. Stell dir mal vor, von einem auf den anderen Tag verschwindet deine Arbeitsstelle und du führst dann irgendwann Besucher durch die Räume und zeigst ihnen alles. Ich glaub, der Typ ist nach der Wende nicht ganz glücklich geworden mit den neuen Verhältnissen."

Ähnliches hatte auch Ki gerade gedacht. „Du hast Recht. Besonders glücklich hat er nicht ausgesehen." Ki hängte sich bei Martin ein und zog ihn in Richtung Küste.

* * *

Auf dem Hochuferweg gingen sie südwärts, am alten Wall der Jaromarsburg vorbei, den sie schon vom Peilturm aus hatten sehen können. Von hier führte die Veilchentreppe hinunter an den Steinstrand der Steilküste. Unten angekommen liefen sie Richtung Vitt.

Die Wellen brausten mit dem Wind gegen die großen Findlinge, die im Wasser lagen. Schwäne tanzten auf dem Wasser. Das Knirschen der Steine gegen die Schreie der Möwen. Rechts von ihnen steil nach oben weisend die Kreidefelsen. Bewachsen oder kahl, an manchen Stellen genauestens die schmalen Feuersteinbänder zwischen der hellen Kreide zu sehen. „Meinst du nicht, dass es gefährlich ist, hier zu gehen?", wollte Martin wissen. „Da war doch dieser schreckliche Unfall vor einigen Jahren, wo ein Kind verschüttet worden ist."

Ki zuckte die Achseln. „Ich glaub, das ist nur nach starken Regenfällen so, jetzt hat es ja schon seit Wochen überhaupt nicht geregnet."

Sie stapften weiter und suchten nebenbei zwischen den Steinen nach Hühnergöttern und Donnerkeilen. Martin bückte sich und hob etwas auf.

Er zeigte Ki den kleinfingergroßen länglichen Gegenstand mit abgerundeter Kappe. „Warum heißen die eigentlich so?“

„Das sind fossile Reste von Belemniten, Kopffüßlern, sahen so ähnlich aus wie Kalmare. Wegen der länglichen Form wurden sie Teufelsfinger oder eben Donnerkeile genannt. Man hat sie früher gemahlen als Heilmittel oder Amulett verwendet.“

Martin steckte das Teil in seine Hosentasche. „Was du alles weißt!“

Ki grinste. Sie hatte erst vor ein paar Tagen, nachdem sie im Peilturm den Schmuck bewundert hatte, im Internet nachgeschaut, woraus die Donnerkeile, die der Künstler in manchen Ohrringen verarbeitet hatte, überhaupt waren. Doch das sagte sie ihm natürlich nicht. Konnte nicht schaden, wenn seine Meinung über ihr Wissen etwas gehoben wurde.

Immer wieder blieben sie stehen und genossen den Ausblick auf die Steilküste, der nach jedem der Vorsprünge, die sie umrundeten, wechselte. Ki fotografierte viel. Auf dem letzten Stück Weg hatte Wald die Steilküste verdrängt.

Nach etwa einer Stunde erreichten sie das Fischerdörfchen Vitt. Am kleinen Hafen lagen ein paar weiß gestrichene Fischerboote auf ihren Gestellen, davor Kunststofftische und Stühle, auf denen sich gerade eine Gruppe Radfahrer niederließ. Hinter der Mauer, die die Begrenzung zum Wasser bildete, hatten sich ein paar Sonnenhungrige auf ihren Stühlen niedergelassen und hielten ihr Gesicht den wärmenden Strahlen entgegen. Eine phantasievolle Skulptur, bestehend aus einer verrosteten Maschine mit einem großen Zahnrad sowie allerhand Federschmuck, Seilen und Badelatschen, die daran befestigt waren, animierte Ki zum Fotografieren. An der Hütte des Räucherfischverkäufers waren Hühnergötter in allen Größen zu einem gewaltigen Kunstwerk aufgefädelt. Lange Stangen mit Bojen und Fähnchen lehnten an der aus großen Steinen aufgerichteten Kaimauer.

„Auf was hast du Lust?“, wollte Martin wissen. „Kaffee und Kuchen, Eis?“ Ki fand, dass das eine gute Idee war und sie machten sich auf die Suche nach einem Cáfe. Sie fanden, etwas erhöht, das Cáfe am Meer, auf dessen Terrasse gerade ein Tisch frei wurde. Von hier hatten sie einen wunderbaren Blick auf die Ostsee und die reetgedeckten Häuser des Fischerdorfes. Zuerst tranken sie eine Sanddornmilch, die sie wunderbar erfrischte. Dann einen Latte Macchiato und dazu ein Stück Pfirsichtorte. „Meinst du, wir finden heraus, wo die Polinnen wohnen?“ Ki hatte ebenfalls gerade darüber nachgedacht. „Sollen wir vielleicht die Serviererin fragen?“

„Gute Idee, aber lass uns noch ein wenig sitzen bleiben, es ist so schön hier.“

* * *

Sie fanden das Haus mit den roten Fensterumrandungen ohne Probleme. Die Gärten der weißen Reethäuser hatten die Bewohner phantasievoll gestaltet. Allerhand Strandgut, Hühnergötter, Reusen und Netze waren an der Hauswand drapiert oder auf dem Rasen zu Skulpturen arrangiert. Bemalte

Milchkannen, Wurzeln und Rettungsringe; die Menschen schienen gern hier zu leben.

Im Garten des Angestelltenhauses hängte eine junge Frau gerade Wäsche auf. Ki kannte sie vom Sehen aus dem Hotel. Martin sprach die Frau an. Vorsichtig kam sie näher zum Zaun. „Sie arbeiten im Hotel“, sagte Ki, „ist Maria auch da?“ Die Frau schüttelte den Kopf. „Und Anka?“ Wieder ein Kopfschütteln. „Kommen Sie auch aus Polen?“ Jetzt nickte die Frau. Ki entschloss sich, das Gespräch auf den Punkt zu bringen. „Hatten Sie eine Kollegin, die überraschend nicht mehr zum Dienst erschienen ist?“ Täuschte Ki sich, oder war da ein erschrockener Ausdruck in den Augen der Frau gewesen? Sie knetete das Geschirrtuch, das sie in den Händen hielt. Und schwieg. Martin schaltete sich ein. „Hören Sie, wir sind nicht von der Polizei. Wir versuchen nur herauszufinden, was mit Ihrer Kollegin passiert ist. Warum sie nicht wiedergekommen ist.“

„Sie ist nach Polen gefahren, weil ihr Vater schwer krank war. Dann hat sie an die Chefin eine Mail geschrieben, dass er gestorben ist und sie das Haus auflösen muss. Außerdem, dass sie geerbt hat und nicht wiederkommen will. Und in Facebook hat sie gepostet, dass sie nach Australien gehen wird.“

Ki sah, wie Martin die Stirn runzelte. Er zog sein *Moleskine* aus der Tasche. „Wie heißt Ihre Kollegin und wo genau wohnte sie in Polen?“

„Eva Krasnoja, sie wohnte auch in Stettin. Wie Maria.“

Ki bedankte sich bei der Frau und beide machten sich an den Aufstieg zur Kapelle. „Da haben wir etwas, womit wir was anfangen können", meinte Martin. Ki antwortete: „Ich werde die Daten gleich nachher an Sonja durchgeben. Die sollen das mal überprüfen. Mir jedenfalls kommt das sehr spanisch vor." Martin nickte. Ki grübelte. „Könnte jemand in ihrem Namen diese Nachrichten geschrieben haben?"

„Wenn sie einen Laptop hatte und so unvorsichtig war, den Zugang nicht durch ein Passwort zu sichern, wenn sie auch ihren Mail-Account nicht gesichert hat und wenn sie aus Bequemlichkeit bei Facebook die automatische Vervollständigung eingestellt hatte, dann kann jeder, der ihr Laptop hatte, überall bei ihr rein und in ihrem Namen Nachrichten posten." So etwas hatte Ki auch befürchtet. Jetzt mussten sie nur noch herausfinden, ob diese Eva einen Laptop besaß. Das dürfte nicht schwer sein. Sie würden einfach die Chefin fragen. Vielleicht wüsste die auch noch mehr zu erzählen.

* * *

Als sie den ausgewaschenen Weg nach oben gegangen waren, tranken beide den Rest aus ihren Wasserflaschen und gingen in die weiß getünchte reetdachgedeckte achteckige Kapelle, um sie sich von innen anzusehen. Auf einem ausgelegten Blatt lasen sie, dass der Pfarrer von Altenkirchen während der Heringssaison nach Vitt gekommen war, weil er die Fischer in seiner Kirche vermisste. Zunächst fanden die Andachten unter freiem Himmel statt, doch schließlich wurde nach Entwürfen von Schinkel diese Kapelle gebaut. Am Eingang der Kapelle stand während des Gottesdienstes immer ein Fischer, der das Meer im Blick hatte. Wurde er der Heringsschwärme ansichtig, rief er die Fischer und schnell konnten sie in ihren Booten und auf dem Wasser sein. Die Verbundenheit der Menschen mit dem Meer und dem Fischfang wurde auch durch das große Wandgemälde über dem Eingang illustriert. „Menschen im Sturm“ hieß es und war erst 1990 gemalt worden. Das Innere der Kirche war ansonsten recht schmucklos: einfache Holzbänke, eine kleine Orgel, ein Kanzelaltar und ein gusseisernes Kruzifix. Drei Bilder, wovon eines Petrus auf dem Meer zeigte. *Wie passend!*, dachte Ki. „Hier finden bestimmt viele Hochzeiten statt“, sagte Martin plötzlich unvermittelt und Ki sah ihn erstaunt an. Wie kam der Mann plötzlich auf sowas? Sie saßen in der zweiten Bank auf der linken Seite und genossen die Atmosphäre der lichtdurchfluteten Kirche. Martin griff ihre Hand und drückte sie. Ki sah ihn prüfend an. Was für Gedanken gingen hinter dieser gefurchten Stirn vor? „Wie lange kennen wir uns jetzt eigentlich?“ Das konnte nur eine rhetorische Frage sein, denn sicher wusste Martin ganz genauso gut wie sie, wann sie sich zum ersten Mal begegnet waren. Also was bezweckte er mit dieser Art Rückschau? War er dabei sentimental zu werden?

Ki würde den Anlass für ihre erste Begegnung nie vergessen. Kurz zuvor hatte sie die gekreuzigte Katze an der Galerietür gesehen. Dann kam Martin Bender zum Càfe *Mule* herein, brummig und schlecht gelaunt. Das war jetzt mittlerweile knapp fünf Jahre her.

Ki strich ihm mit der rechten Hand über die stopplige Wange. Eine zärtliche Geste, wie sie sonst gar nicht ihre Art war. Was machte diese Insel aus ihnen?

Als sie wieder nach draußen in die Hitze des Sommertages traten, waren sie froh, als sie die Arkona-Bahn am Rondell stehen sahen. Sie lösten einen Fahrschein und nahmen auf den schmalen Sitzen Platz. Sie waren genug gelaufen an diesem Tag, jetzt freute sich Ki auf eine Dusche und einen kühlen Drink auf der Terrasse.

* * *

Sie genossen einen Sekt mit Sanddornsirup und die Stille des Gartens, in der nur das Summen der Insekten und das Plätschern des Wassers zu hören war. Maria bediente sie. Ki erzählte, dass sie mit ihrer Kollegin über Eva gesprochen hatten. Dass sie nach der Beerdigung ihres Vaters nicht zurückgekommen war. „Haben Sie etwas von ihr gehört? Wissen Sie, wo sie jetzt ist?“ Maria schüttelte den Kopf. Ihre Augen waren schwarz vor Trauer. Der Gärtner schlich mit der Rosenschere über den Rasen. Maria drehte sich um, sah ihn und zuckte zusammen. „Ich muss wieder zurück an die Arbeit“, stieß sie hervor und war verschwunden, noch bevor Ki etwas sagen konnte. Der Gärtner, dieser komische Typ, was für eine Rolle spielte der in der ganzen Angelegenheit? Ki kam der Song von Reinhard Mey in den Sinn. Martin schien wieder einmal dieselben Gedanken zu haben, denn plötzlich summte er die Melodie des Liedes. Nein, das wäre zu offensichtlich. Zu einfach. Aber irgendetwas war mit ihm. Sie würde versuchen, später mit der Hotelbesitzerin zu sprechen.

Am Abend genossen sie ein leckeres Essen, zu dem sie diesmal nach Altenkirchen gefahren waren. Gegenüber von der Kirche aus dem 12. Jahrhundert, der der Ort seinen Namen verdankte, entdeckten sie ein rustikales Hoflokal, in dem auf einem großen Grill Fisch und Fleisch lecker zubereitet wurde. Man saß an langen Tischen auf Bierbänken und ließ es sich schmecken. Nach einem Verdauungsspaziergang durch den Ort, der neben der Kirche und dem benachbarten Uhren- und Glockenturm ganz aus Holz keine weiteren Sehenswürdigkeiten bereit hielt, fuhren sie über das schmale Sträßlein wieder zurück nach Putgarten in ihr Hotel.

* * *

Ki hatte soeben alles, was sie herausgefunden hatten, an Sonja durchgegeben. Diese würde eine Überprüfung der familiären Verhältnisse von Eva Krasnoja aus Stettin veranlassen. Vielleicht könnte man ja auch ihren Zahnarzt finden und anhand der Unterlagen abgleichen, ob es sich bei der Toten um Eva Krasnoja handelte. DNA-Vergleichsmaterial ließe sich gewiss auch sicherstellen.

„Was machen wir morgen?“, wollte Martin, der Planer, wissen. Ki hatte schon eine Idee, wusste aber nicht, ob Martin davon begeistert sein würde. „Wir könnten mal mit dem Schiff fahren. Entweder um das Kap herum oder eine der anderen Touren, die so angeboten werden.“

„Keine schlechte Idee. Noch einen Vorschlag?"

„Ich denke die ganze Zeit an den Ranger, den wir gesehen haben, als wir auf der Terrasse von Schloss Ranzow saßen und Kaffee getrunken haben."

„Welchen Ranger?"

„Na der da mit seinem Jeep geparkt hat, hast du den nicht bemerkt?"

Martin schüttelte den Kopf. „Ich hab mal im Internet geschaut, und gesehen, dass es für den Jasmund Nationalpark einige Ranger gibt, die auch Führungen machen. Manche von ihnen sind zum Beispiel früher Förster gewesen."

„Ja aber was erhoffst du dir davon? Was meinst du, wieviel Baumkletterer es hier gibt? Und es muss weder ein aktiver noch einer von Rügen gewesen sein. Vielleicht ist er früher im Thüringer Wald gewesen. Das wäre doch des Zufalls zu viel, meinst du nicht auch?"

Ki musste ihm Recht geben. Außerdem hatte sie ja Sonja auch ihre Vermutung schon geschildert, dass der Täter mit Seilklettertechniken vertraut sein müsse. Abgesehen davon, waren die Ermittler sicher schon von selbst darauf gekommen. Schließlich lag das nahe.

„Mach dich mal locker!", forderte Martin sie auf. „Es ist nicht unser Fall. Du hängst dich schon wieder viel zu sehr rein!"

„Gut, dann fahren wir morgen nach dem Frühstück nach Sassnitz und von dort mit einem der Schiffe ums Kap oder sonstwohin."

„Alles klar, mein Schatz, so machen wir's!"

* * *

Sie lagen auf dem Bett und Ki merkte, wie die Müdigkeit von ihr Besitz ergriff. *Eigentlich wollte ich noch mit der Chefin über den Gärtner sprechen*, dachte Ki, *aber jetzt ist sie sicher schon zu Hause.* Sie erhob sich und schlich ins Bad. *Morgen ist auch noch ein Tag*, sagte sie zu sich selbst. Dann putzte sie ihre Zähne und schlüpfte unter die Decke. „Gute Nacht, Süßer", flüsterte sie und war kurze Zeit später eingeschlafen.

* * *

„Hätten Sie eventuell noch was für ein paar weitere Tage frei?" Ki hatte Martin schon ins Zimmer geschickt und gesagt, sie komme gleich. Für das, was sie mit der Hotelbesitzerin besprechen wollte, musste sie allein sein. Denn sie wollte noch nicht mit zurück nach Leipzig fahren. Sie wollte wissen, wie der Fall aufzuklären war und vielleicht bei der Aufklärung selbst ein wenig mit helfen. Schließlich war sie quasi über die Leiche gestolpert. Die ältere Frau mit der schicken Kurzhaarfrisur befragte ihren Computer. „In der Saison sind wir immer nahezu ausgebucht", sagte sie. Nach einer Weile schaute sie von ihrem Bildschirm auf und strahlte Ki an. „Sie haben Glück. Ein Zimmer ist noch frei. Soll ich es Ihnen reservieren?" Ki bat darum.

Nun sprach Ki das Thema an, das ihr schon seit dem Vortag unter den Nägeln brannte: „Ihr Gärtner hat aus dem Grundstück ja ein wahres Paradies gemacht", begann sie unverfänglich. Die Besitzerin lächelte stolz. „Ja, Dirk ist wirklich ein Künstler. Die Gäste mögen den Garten sehr."

„Sicher hat er viel Erfahrung mit Pflanzen und Gärten. Ist er schon lange hier im Hotel?"

„Er hatte in seinen Jobs vorher immer mit Pflanzen zu tun. Friedhofsgärtner, Bauer, Förster. Jetzt ist er seit ungefähr fünf Jahren bei uns."

Ki hatte sich die nächste Frage gut zurechtgelegt. „Wahrscheinlich hat er auch bei sich zu Hause ein Paradies geschaffen und seine Frau freut sich über so einen begnadeten Gärtner."

Die Hotelchefin schüttelte den Kopf. „Nein, nein, Dirk lebt allein, in einer Bruchbude, sag ich immer. Aber ihm gefällt's, was soll man machen. Hauptsache, er fühlt sich wohl."

Ki setzte nach. „Wohnt er nicht hier im Ort?"

„Nein, er wohnt oben an den Klippen. Wenn Sie von Vitt den Hochuferweg Richtung Großsteingrab von Nobbin gehen, passieren Sie einige Gehöfte. Seins ist ein Holzhaus mit einem Totempfahl davor." Erklärend fügte sie hinzu. „Er interessiert sich für alte Kulturen und sowas, ist früher viel in der Welt herum gereist. Zu DDR-Zeiten konnte man das ja leider nicht."

Jetzt hatte Ki genug gehört. Er passte wunderbar ins Profil. Und sie würde sich bei nächster Gelegenheit sein Haus ansehen, soviel stand fest. Sonja hatte ihr bei ihrem letzten Telefonat gesagt, dass jetzt auch ein Fallanalytiker vom LKA eingeschaltet worden war. Er war der Meinung, dass es sich bei dem Täter um einen durchschnittlich intelligenten Mann zwischen 30 und 50 Jahren handelte, der zurückgezogen und allein lebte, in einem naturnahen Beruf arbeitete oder in seiner Freizeit in einem Verein mitarbeitete, der etwas mit Natur zu tun hatte oder einem damit verbundenen Hobby nachging. Allerdings traf das ganz sicherlich auf Viele zu.

Sie ging ins Zimmer, wo Martin gerade die Rucksäcke gepackt hatte. „Wir müssen los, wenn wir unser Schiff nicht verpassen wollen", empfing er sie. „Bin gleich soweit", gab sie zurück und verschwand im Bad.

* * *

Sie standen an Deck und genossen den Ausblick auf die Kreideküste. Die Sonne schien wie immer die letzten Wochen und der Wind brachte angenehme Abkühlung. Ki fasste sich ein Herz. „Du, Schatz, was hältst du davon, wenn ich noch ein paar Tage dranhänge?"

Martin sah sie erstaunt an. Erstaunt, und, wie sie an seiner steilen Stirnfalte sah, nicht gerade erfreut. Schnell beeilte sie sich hinzuzufügen. „Ich dachte daran, noch ein paar Tage in ein nettes Wellnesshotel zu gehen und mich dort so richtig verwöhnen zu lassen. Zum Beispiel gibt es doch die tollen Kreidepackungen hier, Massagen und so weiter. Sonja würde auch mitkommen, da wär ich nicht so allein. Oder könntest du noch ein paar Tage länger bleiben?" Ki kannte die Antwort auf letzte Frage, doch sie wollte sie wenigstens pro forma gestellt haben. „Natürlich kann ich nicht verlängern, aber wenn du meinst, dass es dir gut tut und du es gern möchtest, dann nur zu!" Er sah sie nicht an, sah weiter der vorbeiziehenden Kreideküste zu, und Ki bemühte sich, ihre Erleichterung nicht allzu deutlich zu zeigen. Sie umarmte ihn von hinten. „Es ist ja nicht für lange. In spätestens einer Woche bin ich dann auch zurück."

Martin brummelte Unverständliches vor sich hin. „Hat dir unser Urlaub denn gefallen?", lenkte sie ab. „Ja klar, war schön, vor allem mit dem Wetter hatten wir Glück. Ich glaub, wir hatten überhaupt das beste Wetter in ganz Deutschland."

„Also fühlst du dich gut erholt?"

Martin nickte, sah sie aber nicht an. „Sollten wir regelmäßig machen, nicht nur alle paar Jahre mal", schlug Ki vor. Martin brummte zustimmend.

„Wollen wir heute Nachmittag noch mal an den Strand gehen?"

„Von mir aus!"

Ki war klar, dass Martin noch eine Weile brummig sein würde. Vielleicht sogar bis zu seiner Abreise am nächsten Morgen. Doch das musste sie hinnehmen. Vielleicht täten ihnen ein paar Tage Trennung auch ganz gut. Immerhin hatten sie jetzt zwei Wochen am Stück rund um die Uhr zusammengehockt. Das war in ihrer fünfjährigen Beziehung noch nicht allzu oft vorgekommen. Dafür hatten sie sich auch erstaunlich gut verstanden. Es war kaum zu Missstimmungen gekommen, ihre Interessen hatten sich gut miteinander in Einklang bringen lassen.

Den Nachmittag verbrachten sie am Nordstrand, zu dem sie vom Hotel aus über einen Feldweg gelangten. Bis sie allerdings eine einigermaßen mit Sand durchsetzte Stelle erreichten, mussten sie lange über Steine laufen, die auch weit ins Meer hinein reichten und teilweise groß wie Findlinge waren. Als sie ihren Fuß ins Wasser setzten, war ihnen klar, warum hier niemand von den Menschen, die sich am Strand sonnten, im Wasser war. Es war, im Gegensatz zum Wasser an der Prorer Wiek, eiskalt. Sie wunderten sich beide über diese unterschiedlichen Temperaturen, die die Ostsee nur wenige Kilometer voneinander entfernt haben konnte. Schließlich begnügten sie sich damit, ein letztes Mal in der Sonne zu liegen und zu dösen oder zu lesen und zur Abkühlung mit den Füßen im Wasser zu planschen und sich gegenseitig nass zu spritzen.

Am Abend fuhren sie nach Sellin, wo an diesem Sonntag das Seebrückenfest stattfinden sollte. Sie waren vorher noch nicht in diesem, wohl mondänsten Seebad der Ostseeküste gewesen, und so war Ki gespannt darauf, was sie dort erwartete. Das Auto parkten sie in der Nähe der Hauptstraße. Dann spazierten sie ein Stück und kamen schließlich an die Promenade, die, anders als alle anderen, nicht parallel zum Wasser, sondern senkrecht leicht ansteigend, verlief. An beiden Seiten wechselten sich Hotels und Restaurants ab, deren Terrassen an diesem Abend gut besucht waren. Ki bestaunte die wunderschöne Bäderarchitektur, die weißen Holzverzierungen an Giebeln und Balkonen und genoss das Flair, das wohl auch die Oberen Zehntausend gespürt haben mussten, die hier vor hundert Jahren entlang promeniert waren. Als sie auf der Kuppe der Steigung angekommen waren, hatten sie einen herrlichen Ausblick auf die Seebrücke, die sich unter ihnen, am Ende der vielen Stufen, ins Meer hinein erstreckte. Nur die neumodische, auf blauen Stützen stehende Tauchglocke, die man dahinter gebaut hatte, und die so überhaupt nicht zu ihrer Umgebung passte, störte das Bild. Links von ihnen glitt ein gläserner Aufzug nach unten zum Strand. Außerdem führten beidseitig schmale Wege nach unten sowie in der Mitte eine breite Treppe mit Zugängen zum Strand rechts und links. „Lass uns erst noch ein wenig den Ausblick genießen!“, bat Ki. Sie stellten sich seitlich ans Geländer und betrachteten das Treiben links von der Treppe unten am Strand. Einige Besucher spielten Volleyball, andere standen noch mit den Beinen im Wasser oder saßen in den Strandkörben, die rechts von der Treppe aufgestellt waren.

Etwa hundert Meter weiter hatte man eine riesige überdachte Bühne aufgestellt, auf der gerade eine Live-Band spielte. Ein Moderator führte durchs Programm. Davor waren Zelte mit Biertischgarnituren aufgebaut und draußen Stehtische, die alle bereits gut frequentiert waren. Der Duft von Gegrilltem, Knoblauch und Zuckerwatte zog durch die Luft. Es herrschte Volksfeststimmung. Nach einer Weile gingen sie die Treppen hinunter, um im Seebrückenrestaurant etwas zu essen. Sie hatten Glück, dass gerade ein Tisch draußen auf der Terrasse frei wurde. Ki bestellte sich das Fjordlachsfilet in Limonenrahm und Martin das Zanderfilet. Nachdem sie ihr Essen verzehrt hatten, genossen sie noch bei einem Glas Wein die einsetzende Dämmerung. Der Höhepunkt des Abends, das Feuerwerk, rückte näher.

Als Martin gezahlt hatte, gingen sie um das Gebäude herum auf die Rückseite, um noch einen Blick aufs Meer und die Küste zu werfen. Martin hatte den Arm um Ki gelegt und so standen sie schweigend lange da und hingen ihren Gedanken nach. *Was habe ich für ein Glück, dass ich diesen Mann gefunden habe*, dachte Ki wieder einmal. Was Martin dachte, wusste sie nicht, und sie würde ihn auch nicht danach fragen. „Von wo aus wollen wir das Feuerwerk ansehen?", wollte Martin von ihr wissen. Es würde vom hinteren Teil der Seebrücke, die jetzt gesperrt war, abgefeuert werden.

„Ich würde sagen, vom Strand aus, da müsste man alles gut sehen können."

Ki hatte bemerkt, dass sowohl die Treppe als auch die Wege rechts und links hinunter zum Strand schon voller Menschen waren. Sie gingen hinunter und Martin holte an einem Stand zwei Gläser Sekt. Mit Einbruch der Dunkelheit war das Gebäude auf der Seebrücke mit Lichtschlangen, die seine äußere Form nachzeichneten und auch die Fenster hervorhoben, festlich illuminiert. Auch das am Holzsteg und der Treppe entlang führende Geländer war beleuchtet. Endlich war es so weit. Der Moderator zählte den Count-down ein und kurz danach begann es in wunderschönen Feuergarben am Himmel zu leuchten. Wie staunende Kinder hoben Ki und Martin ihre Köpfe und blickten sich an, wenn sich besonders schöne Figuren auf dem schwarzen Samt des Himmels entfaltet hatten. Als das Spektakel zu Ende war, tranken sie ihren Sekt aus und küssten sich. Worte waren hier nicht nötig. Hätten nur die andächtige Stimmung zerstört. Inmitten tausender Menschen trieben sie die Straße hinunter und zu ihrem Auto.

In ihrer letzten gemeinsamen Nacht liebten sie sich noch einmal phantasievoll und Martin bat sie mehrmals, auf sich aufzupassen und sich nicht in Gefahr zu begeben. Es schien, als kenne er den Grund für ihren Wunsch nach Verlängerung des Urlaubs ganz genau. Fast hatte Ki ein schlechtes Gewissen, ihn angelogen zu haben. Aber sie wusste auch, dass, wenn sie ihm die Wahrheit gesagt hätte, er sie niemals hätte bleiben lassen.

* * *

Ki winkte dem Auto hinterher und war mit ihren Gedanken schon bei dem Lauf, den sie gleich machen würde. Nachdem sie von ihrem Doppelzimmer in ein Einzelzimmer umgezogen war, packte sie Wasser, ihr *Picklock*, ihre *Maglite*, ihre Kamera und ihr *Moleskine* in einen Rucksack. Ebenso ihr Handy. Dann zog sie ihre Laufschuhe an, gab den Schlüssel an der Rezeption ab und lief los. Ein Blick hinters Haus hatte ihr den Gärtner beim Schneiden der Hecke gezeigt. So schnell würde er also nicht zu Hause aufkreuzen.

Zuerst lief sie in Richtung Vitt und an der Kapelle nach rechts, immer den Feldweg entlang. Ihr kamen Radfahrer entgegen, sonst hatte sie weitgehend ihre Ruhe. Irgendwann dann rechts das erste Gehöft. Kein Totempfahl. Alles sauber und gepflegt, ein schwarzer Mittelklassewagen in der Einfahrt.

Ein paar Häuser weiter links ein Maschendrahtzaun mit Tür und dahinter ein grasbewachsenes Plateau mit dem ersten freien Ausblick auf's Meer. Ki beschloss, eine Pause zu machen und ihre Muskeln zu dehnen. Vorn, nur wenige Meter von der steil abfallenden Küste, stand eine Bank. Bevor sie sich ihren Dehnübungen widmete, genoss sie den Ausblick nach Norden, hin zur Kreideküste und nach Süden, wo sie die gesamte Bucht des Tromper Wieks bis hin zum Nationalpark Jasmund sehen konnte. Der Himmel hatte sich mit schweren Wolken bedeckt, es sah aus, als käme es bald zum Regnen. Regen, den die Region dringend brauchte und lange vermisst hatte. Es galt die höchste Waldbrandstufe. *Jetzt, wo Martin fort ist, weint der Himmel*, ging Ki durch den Kopf.

Als sie ihre Dehnübungen beendet hatte, lief sie weiter. Etwa hundert Meter von dem Aussichtspunkt entfernt sah sie endlich das Haus des Gärtners. Ein geschnitzter Holzstamm mit bunter Bemalung und einer Maske am oberen Ende, die den Betrachter mit grimmiger Miene ansah, wies den Besucher eher ab, als ihn zu begrüßen. *Sicher hat er diese Maske nicht ohne Grund hierher gestellt*, ging Ki durch den Kopf. Alles an diesem Totempfahl wirkte wie eine Warnung: Geh lieber nicht weiter! Ohne sich den Einzelheiten des Kunstwerks zu widmen oder sich von seiner vermutlichen Bestimmung einschüchtern zu lassen, ging Ki, nachdem sie sich davon überzeugt hatte, dass keine Nachbarn oder zufällig vorbeikommende Wanderer zu Zeugen ihres Hausfriedensbruches wurden, auf die Eingangstür zu. Ein unangenehmer Geruch lenkte ihren Blick zu den Rabatten, die beidseitig des schmalen Kiesweges angelegt waren. Tagetes, gelb-rötlich, jene Blumen, die nach dem Glauben der alten Mexikaner die Verstorbenen anlockten. Jetzt überlief Ki doch ein Frösteln.

Schnell hatte sie aus ihrem Rucksack ihr Dietrichset genommen und wenig später war die Eingangstür offen. Noch einmal umschauen, dann schlüpfte sie hinein.

Im Inneren war es dämmrig, was einerseits auf die fehlende Sonne draußen und andererseits auf die sehr kleinen Fenster zurückzuführen war. Ki war froh, dass sie ihre Taschenlampe dabei hatte. Ein Flur, in dem sie nichts Besonderes entdecken konnte. Ein Wohnzimmer mit Bücherregalen an zwei Wänden. Ki studierte die Titel. *Großes Lexikon der Bestattungs- und Friedhofskultur. Von Abfallgrube bis Zwölftafelgesetz. Oase ohne Geier. Totenkult und Lebensglaube bei den Völkern Ost-Indonesiens. Mumifizierung und Totenkulte im alten Ägypten.* Ki las und las und mit jedem Buch, das von Bestattungsriten oder Totenbräuchen handelte, nahm das Kribbeln in ihrem Nacken zu. Wo, wenn nicht hier, war ihr Mörder zu finden? Konnte dieses Interesse an Tod und Bestattung noch ein Zufall sein?

Da, wo keine Bücherregale waren, hingen Masken an der Wand. Furchteinflößende Masken. Manche indianisch, manche asiatisch. Soweit Ki das beurteilen konnte. Und dort, auf einem Regal, stand ein faustgroßer Totenschädel. Aber nicht aus Knochen, sondern einer dieser Zuckerschädel, von denen Ki gelesen hatte, die für das mexikanische Totengedenken hergestellt wurden. Er war mit glitzernden Steinen und Rosenblüten aus Marzipan verziert.

Einen richtigen Schrecken aber bekam Ki, als sie in einer Glasvitrine drei Schrumpfköpfe sah. Ebenfalls so groß wie eine Männerfaust, die Haare noch daran, den Mund mit rot bemalten Holznadeln verschlossen. Ki musste sich abwenden und ging noch einmal die Bücherregale ab. Vielleicht fand sich zu dem Thema ja auch ein Buch. Sie musste nicht lange suchen. *Eine besondere Trophäenbehandlung – Die Schrumpfköpfe der Jivaro-Völker.* Ihr fiel plötzlich ein, dass in dem Grab, in dem die Knochen von drei verschiedenen Menschen gefunden worden waren, die Schädel fehlten. Sollte es sich hier vielleicht um die abgezogene und entsprechend behandelte Kopf- und Gesichtshaut der ermordeten Frauen handeln? Hatten sie es hier mit einem Geisteskranken zu tun? Ki wusste, dass echte und aus Tierschädeln nachgemachte Schrumpfköpfe als Souvenirs in Südamerika verkauft wurden. Vielleicht war der Gärtner ja auch dort gewesen und hatte sich ein etwas spezielles Souvenir mitgebracht. Sie war nicht in der Lage, die Echtheit der Köpfe zu beurteilen.

Ihr fielen die beiden Schrumpfköpfe ein, die ein SS-Arzt von hingerichteten polnischen Lagerinsassen angefertigt hatte. Sie hatte sie auf einem Foto, neben den aus Menschenhaut angefertigten Lampenschirmen in der Dauerausstellung der KZ-Gedenkstätte in Buchenwald gesehen.

Ki erinnerte sich an ihre Kamera und fotografierte alles, was sie vor die Linse bekam. Und plötzlich hatte sie so gar keine Lust mehr, auch noch die anderen Räume des Hauses zu inspizieren. Sie hatte genug gesehen. War lange genug hier drin gewesen. Jetzt müsste die Polizei entscheiden, ob es Grund genug gab, die Hütte hier auf den Kopf zu stellen. Nur den Nachnamen des Typen wusste sie noch nicht. Neben einem Kanonenofen lagen Zeitungen und anderes Papier. Vorsichtig blätterte sie den Stapel durch. Da war etwas! Ein Briefkuvert mit der vollständigen Adresse. Dirk Teubner. Jetzt hatte sie es. Auch die Adresse fotografierte sie und dann verschwand sie ebenso unauffällig, wie sie hereingekommen war.

Sie lief weiter Richtung Großsteingrab und versuchte, die Bilder aus ihrem Kopf zu bekommen. Wäre wirklich ein Serienmörder so dumm, Beweismittel so offen in seinem Haus liegen zu lassen? War der Typ vielleicht ein bisschen minderbemittelt? Dann hätte aber der Profiler völlig falsch gelegen. Außerdem sprachen die ganzen Fachbücher dagegen. Ki grübelte und wäre fast über einen auf dem Weg liegenden Ast gestolpert. Sie würde die Fotos samt einem kurzen Bericht sofort nach ihrer Rückkehr an Sonja mailen. Jetzt war die Polizistin am Zug.

Am Steingrab von Nobbin machte sie eine Pause und trank von ihrem Wasser. Einige Familien hatten mit ihren Fahrrädern samt Anhängern den Tisch mit den Bänken als Rastplatz auserkoren. Die Kinder waren gerade dabei, die Steine zu beklettern oder zwischen ihnen Verstecken zu spielen. Ki las die

Erläuterung auf der davor angebrachten Tafel und erfuhr, dass es sich hierbei um ein trapezförmiges Hünenbett mit zwei Grabkammern vom Typ „erweiterter Dolmen“ handelte. 1970 hatte man das Grab archäologisch untersucht und darin zwei Schädel aus der Jungsteinzeit und Nachbestattungen aus der Eisenzeit gefunden. Der Rasen zwischen den Steinen war unversehrt, hier hätte man schlecht Knochen verbuddeln können, ohne dass es aufgefallen wäre. Anders als bei den Gräbern im Wald. *Haben die eigentlich alle Steingräber untersucht?*, überlegte Ki. Sie würde Sonja auch danach fragen. Denn wer wusste schon, ob der Typ nicht noch anderswo die Überreste seiner Opfer vergraben hatte. Nirgendwo gab es schließlich so viele Großsteingräber auf so engem Raum wie hier auf Rügen.

Ki dehnte noch einmal ihre Beinmuskeln an der Bank und machte sich danach auf den Rückweg. Diesmal nahm sie den Feldweg Richtung Straße, um nicht noch einmal am Gärtnerhaus vorbei zu müssen.

* * *

Sie kam mit dem einsetzenden Regen im Hotel an. *Jetzt eine Sauna*, dachte sie, *das wäre toll!* Sie hatte im Hotelprospekt gelesen, dass man, wollte man die Blocksauna im Garten benutzen, diesen Wunsch zwei Stunden vorher anmelden, und, falls man drei weitere Saunierer fand, zehn Euro zahlen müsse. Deshalb ging sie zur Rezeption, wo wieder die Chefin Dienst tat und fragte, ob sich vielleicht noch andere Interessenten angemeldet hätten. „Ein Ehepaar“, antwortete die Inhaberin. Das hörte ein Mann, der gerade in einem der Sessel in der Lobby saß und Zeitung las.

„Ich würde mich auch gerne anschließen“, sagte er. Man legte den Beginn der Saunagänge auf sechzehn Uhr fest. Ki nutzte die Zeit bis dahin, um ihre Fotos auf das Laptop zu überspielen und Sonja eine Mail zu schreiben. Dann aß sie im Restaurant einen Salat und trank einen Cappuccino.

Bevor sie mit ihrem Bademantel hinausging, duschte sie noch, weil sie nicht annahm, dass es diese Möglichkeit draußen auch gab. Kurz vor vier verließ sie das Zimmer, steckte den Schlüssel in die Bademanteltasche und begab sich über die Terrasse in den Garten. Im Vorraum der Sauna lagen Handtücher bereit, und sie konnte ihren Bademantel dort an einen Haken hängen. Sie schien die Erste zu sein und war ganz froh darüber. Die Sauna hatte bereits auf 80 Grad hochgeheizt und Ki legte sich auf die oberste Stufe. Sie liebte Saunieren. In Leipzig ging sie mindestens einmal in der Woche in die Sachsen-Therme. Leider teilte Martin diese Vorliebe nicht. Nur, wenn sein Sohn Lukas ihn intensiv drängelte, ließ er sich breitschlagen. Nach etwa zehn Minuten setzte sich Ki auf und wartete noch weitere drei Minuten, bis sie nach draußen ging. Sie drückte gegen die Holztür, doch diese ließ sich nicht öffnen. Ki drückte stärker. Nichts. Was war hier los? Oben befand sich in der Tür ein kleiner Glaseinsatz. Durch den konnte sie in den Vorraum sehen. Nichts. Würde sie jemand hören, wenn sie daran klopfen würde?

In Kis Gehirn tanzten die Gedanken durcheinander. *Notfallschalter. Hier muss doch ein Notfallschalter sein!* Sie schaute sich um. Nichts. *Das gibt's doch nicht*! Wieder warf sie sich gegen die Tür, das Handtuch als Schutz vor der Hitze des Holzes umgelegt. Die Tür bewegte sich nicht. Wo blieben nur die anderen Saunierer? Endlich, als sie ein weiteres Mal mit aller Kraft dagegen drückte, ging die Tür plötzlich auf und sie stolperte hinaus in den Vorraum und geradewegs auf den Gärtner zu, der sich vor der Ausgangstür postiert hatte. „Waa... wa... was machen Sie hier?“, stieß sie hervor. Dirk Teubner grinste süffisant.

„Die Tür klemmt manchmal.“ Ki glaubte ihm kein Wort. Ohne eine Erwiderung drängte sie ihn beiseite und öffnete die Außentür. Tief atmete sie an der kühlen Luft ein und aus. Dann ließ sie sich in den Teich gleiten und schwamm ein paar Züge. *Du wirst dich nicht unterkriegen lassen!*, redete sie sich zu. *Der Typ macht dir keine Angst.*

* * *

Am Abend rief sie Martin an, um zu fragen, ob er gut in Leipzig angekommen war. Von ihrem Saunaerlebnis erzählte sie ebenso wenig wie von den Entdeckungen, die sie in der Hütte des Gärtners gemacht hatte. Seine Frage, ob sie schon in einem anderen Hotel sei, verneinte sie und meinte, dass sie vorerst in Putgarten bleibe, bis ein Zimmer in einem der Wellnesshotels frei geworden sei. Das Gespräch verlief kurz und etwas unterkühlt von Martins Seite, wie Ki fand. Von Sonja hatte sie noch keine E-Mail.

Ki ging früh zu Bett und nahm eine Schlaftablette, um auch ganz sicher einschlafen zu können. Das Klingeln ihres Handys weckte sie am anderen Morgen. Verschlafen drückte sie den grünen Knopf.

„Ja hallo?“

„Hallo Schlafmütze, hab ich dich geweckt?“ Sonjas Stimme klang beneidenswert munter. Ki gähnte.

„Wollte dich nur über die neuesten Erkenntnisse informieren.“

Jetzt war Ki wach und lauschte gespannt.

„Also was die Identität der Toten am Baum betrifft, sind die Kollegen der Soko ziemlich sicher, dass es sich tatsächlich um die Kellnerin Eva Krasnoja handelt. Jedenfalls haben wir ihren Zahnarzt aufgetrieben und der hat ihre Unterlagen in die Rechtsmedizin geschickt. Die Ärzte dort haben die Übereinstimmung des Gebisses der Toten mit seinen Unterlagen bestätigt. Die letzte Sicherheit wird das Ergebnis des DNA-Abgleichs ergeben, auf den wir aber noch ein paar Tage warten müssen. Den genauen Todeszeitpunkt hat der Rechtsmediziner auch noch nicht rausgerückt, er könnte aber ungefähr mit dem Datum dieser ominösen E-Mail an die Hotelchefin übereinstimmen. Allerdings erfreuen sich ihre Eltern guter Gesundheit, die Sache mit der angeblichen Krankheit des Vaters scheint also, so sehen es jedenfalls die Kollegen, nur ein Manöver zur Ruhigstellung ihres Arbeitgebers und ihrer Kollegen gewesen zu sein. Vermutlich hat sie etwas anderes vorgehabt und der Vater war nur eine Ausrede, weil sie wusste, dass sie in der Hochsaison nicht frei bekommen würde. Die Mail nun könnte der Mörder geschrieben haben, um ihr Verschwinden so lange wie möglich geheim zu halten. Ebenso den Post bei Facebook. Denn das heißt doch nichts anderes als: Ihr braucht nicht nach mir zu suchen, ich bin auf die andere Seite der Erde gereist."

Ki sah es genauso. „Jetzt zu diesem komischen Gärtner. Also die Kollegen haben ihn durchs System gejagt, konnten jedoch nichts finden. Ein unbeschriebenes Blatt. Auf Grund der interessanten Dinge, die du in seiner Hütte gefunden hast, können wir leider keinen Durchsuchungsbeschluss erwirken, weil, wie du weißt, die Gründe dafür de facto nicht existieren. Von wegen Straftatbestand und so. Und nur, weil er komisch ist und das Opfer gekannt hat – so wie alle anderen ihrer Kollegen auch – können wir nicht sein Haus auf den Kopf stellen." Ki hörte, wie Sonja tief einatmete. „Aber … im Rahmen unserer routinemäßigen Befragungen aller ihrer Kollegen, die nachher vonstattengehen wird, werden die ermittelnden Beamten ein ganz besonderes Augenmerk auf seine Aussagen richten. Sie sind jedenfalls informiert."

„Vielleicht findet ihr ja in den Sachen der Toten noch irgendwelche Hinweise. Auf Freunde oder geheimnisvolle Unbekannte."

„Ja vielleicht. Wir werden sie natürlich beschlagnahmen."

„Den Laptop werdet ihr aber vermutlich nicht finden. Oder der Täter hat ihn zurückgebracht, nachdem er die Mail geschrieben und den Facebook-

Eintrag abgesetzt hat. Halt mich bitte auf dem Laufenden. Ich bin noch ein paar Tage hier, Martin musste zurück nach Leipzig. Vielleicht können wir uns ja auch mal wieder treffen."

„Ach ja, noch was", fiel Sonja ein, „wir haben versucht ihr Handy zu orten, die Nummer haben wir von ihren Eltern bekommen, aber seit dem ersten Juli hat es sich nirgendwo mehr eingeloggt und ist auch im Moment ausgeschaltet."

Ki runzelte die Stirn. „Noch ein Indiz für den Todeszeitpunkt."

„Ja, das vermuten wir auch."

Die beiden Frauen verabschiedeten sich und Ki begab sich ins Bad. Anschließend suchte sie den Frühstücksraum auf und gönnte sich ein ausgiebiges Frühstück samt Zeitungsstudium. Draußen ging ein feiner Landregen nieder; der Natur würde das lang entbehrte Nass sicher gut tun. Doch was sollte sie mit dem Tag anfangen? Während sie noch grübelte, betrat ein Mann in den Vierzigern den Speiseraum und sah sich suchend um. Als er sie entdeckte, kam er auf ihren Tisch zu. „Sind Sie Kirsten Stein?"

Ki nickte. „Mein Name ist Roland Groß, ich bin einer der ermittelnden Beamten der Soko Wald. Darf ich mich kurz zu Ihnen setzen?"

Ki wies einladend mit der Hand auf den Stuhl ihr gegenüber. Der Speiseraum war um diese frühe Zeit noch nicht sehr gut besucht. Voll Neugier musterte Ki den Polizisten. Markantes Kinn, glatt rasiert, dominante Nase und fein geschwungene Lippen. Roland Groß räusperte sich. „Also ich weiß von einem Kollegen, den seine Bekannte aus Sassnitz mit – sagen wir – nicht ganz vorschriftsmäßig erworbenem Wissen versorgt, dass Sie nicht nur die Leiche gefunden, sondern in der Mordsache auch ziemlich viele wertvolle Hinweise gegeben haben. Wie ich hörte, arbeiten Sie als Detektivin und Ihr Partner ist Dezernatsleiter in Leipzig." Ki nickte. Wollte sie dieser Beamte zurückpfeifen?

„Wir befragen jetzt die Kolleginnen des Opfers. Ich wollte Ihnen anbieten, bei den Befragungen als stille Mithörerin im Hintergrund dabei zu sein."

Ki freute sich und wollte schon zusagen, als ihr etwas einfiel. „Danke für das Angebot, aber ich fürchte, das wäre kontraproduktiv. Noch weiß niemand hier im Hotel etwas von meiner Verbindung zum Opfer oder meiner Tätigkeit beziehungsweise meinen Verbindungen zu den Ermittlungsbehörden. Wenn ich bei den Vernehmungen dabei bin, wird sich vor allem Dirk Teubner fragen, wieso. Und ich bleibe hier lieber incognito. Sie wissen ja *Der Gärtner ist immer der Mörder*". Der Beamte lachte nicht. Entweder kannte er das Lied von Reinhard Mey nicht oder er hatte einen etwas seltsamen Humor. „Da haben Sie Recht. Das hatte ich nicht bedacht. Aber Sie werden ganz sicher das Wichtigste wieder von Ihrer Bekannten erfahren."

Roland Groß erhob sich und reichte ihr die Hand. „Bitte keine Alleingänge! Das hier ist gefährlich. Vor allem für eine Frau allein."

*Ja, ja, eine Frau allein.* Ki gab noch ein paar beruhigende Floskeln von sich und trank ihren letzten Kaffee aus. Sie wusste jetzt, womit sie zumindest die nächsten paar Stunden verbringen würde. Im Keller des Hotels gab es einen kleinen Fitnessbereich, den sie bis jetzt wegen des schönen Wetters noch nicht einmal angesehen hatte. Sie würde ein wenig an den Geräten trainieren und dann mit ihren Stöcken.

* * *

Das Training hatte ihr gut getan. Nach einer heißen Dusche nahm sie im Restaurant einen Salat zu sich. Dann fuhr sie auf einem geliehenen Fahrrad die Straße Richtung Leuchttürme. Auch heute waren wieder ganze Völkerwanderungen unterwegs, um das Kap Arkona zu besichtigen. Der Regen hatte aufgehört, die Sonne verwandelte den Boden in einen dampfenden Teppich. Ki stellte ihr Fahrrad unterhalb des neuen Leuchtturms ab und schloss es an. Sie wollte die 175 Stufen hinaufsteigen, um den Ausblick von der Plattform zu genießen. Nachdem sie den Eintritt bezahlt hatte, machte sie sich an den Aufstieg. Die Wendeltreppe ließ Ki irgendwann glauben, sie würde sich endlos in den Himmel schrauben. Doch auch die Stufen nahmen ein Ende und sie trat hinaus auf die Plattform und wurde mit einem Ausblick belohnt, der noch um einiges spektakulärer war als der vom Peilturm. Diesen sah sie rechts in einer kleinen Senke liegen, daneben der Hügel der Jaromarsburg. Landeinwärts blickte sie auf die Häuser von Putgarten, zu denen die schmale, mit jungen Bäumen beidseits bepflanzte Straße führte. Gerade war dort wieder die blau-weiße Arkona-Bahn unterwegs, um Fußmüde, Kleinkinder und Rentner zu den Aussichtspunkten an der Steilküste zu bringen. Rechts hinten sah man an der

Landspitze den Königsstuhl, auf dem Wasser blitzten die weißen Dreiecke der Segelboote. Links unten ragten die gebogenen Metallrohre aus dem Boden. Ki zählte 32. Erst von hier wurde ihr das Ausmaß der Bunkeranlage bewusst. Auch die drei Eingänge konnte sie gut erkennen. Hinter einem, der in den sogenannten Arkona-Bunker führte, sollte es eine Kunstausstellung geben, hatte sie gehört. Vielleicht würde sie sich auch die noch anschauen. Martin war nicht so der Ausstellungsbesucher. Auch in Leipzig sah sie sich meist allein die neuen Schauen im Museum der bildenden Künste an. Immer noch gern dachte sie an die tolle Ausstellung der Werke von Neo Rauch, die zeitgleich mit anderen Gemälden von ihm auch in München zu sehen war. Neo Rauch, der auf dem Gelände der Leipziger Baumwollspinnerei mit seiner Frau, die ebenfalls eine bekannte Künstlerin war, lebte und arbeitete. Und der damals zur Vernissage ihrer Fotoausstellung gekommen war. Schnell verdrängte sie die Gedanken daran, denn wenn sie an die Galerie dachte, kam ihr auch immer wieder der Anblick des gekreuzigten *Wotan* in den Sinn. Und darauf konnte sie gut verzichten.

Westlich am Horizont ahnte Ki die weiße Steilküste der dänischen Insel Møn mehr als dass sie sie sah. Jene Verheißung für DDR-Bürger, die an der Küste Urlaub machten, wissend, dass die Freiheit nur wenige Kilometer entfernt lag. Wie viele wohl diese „paar Kilometer" unterschätzt hatten und bei der Flucht über die Ostsee ums Leben gekommen waren?

Ki las auf Schautafeln noch einige technische Details über den 1905 errichteten Leuchtturm. Noch nie hatte sie während der Dunkelheit ein Leuchtfeuer gesehen. Sie konnte sich auch nicht vorstellen, wie es aussehen musste, wenn, wie bei diesem Leuchtzeichen, alle 17,1 Sekunden eine Abfolge von drei Blitzen aufs Meer hinaus geschickt wurde. *Dann werde ich mir das heute Nacht mal ansehen*, nahm sie sich vor.

Wieder unten angekommen, fuhr sie mit dem Rad noch auf dem Weg bis zur Steilküste und schloss es dort an einem Geländer an. Dann machte sie sich über die Königstreppe an den Abstieg hinunter zum Strand.

Oben hatten große Tafeln vor Abbrüchen gewarnt, besonders nach starken Niederschlägen. Das, was da seit dem Vortag heruntergekommen war, hatte eher einem Landregen geähnelt. Ki war nicht die einzige, die auf der Treppe nach unten ging. Ebenso viele Menschen kamen ihr auch von unten entgegen. Vielleicht würde sie ja endlich ein paar Hühnergötter, Donnerkeile oder gar Bernstein finden.

* * *

Als Ki ins Hotel zurückkam, waren die Befragungen der Kriminalpolizei längst beendet. Doch sie spürte deutlich, dass eine gedrückte Stimmung über den Angestellten des Hotels lag. Die meisten hatten ja erst heute vom Tod ihrer Kollegin erfahren, würden erst mit dieser Information fertig werden müssen. Als erstes rief Ki bei Sonja an, um sich auf den Stand der Ermittlungen zu bringen.

„Hallo Sonja, was gibt's Neues?"

Die Polizistin schnaufte. „Also bei der Befragung kam heraus, dass die Tote wohl mit irgendwem ein Verhältnis gehabt hat. Manche ihrer Kolleginnen vermuteten, dass es der Gärtner war. Dieser allerdings bestreitet das. Im Zimmer der Toten haben wir weder ihren Laptop noch ein Handy gefunden. Nur ein paar Sachen. Die Hotelbesitzerin hat gesagt, dass die Tote sie um ein paar Tage Urlaub gebeten hat, weil angeblich ihr Vater im Sterben lag. Am ersten Juli kam dann diese Mail, dass er gestorben sei und sie jetzt den Haushalt auflösen müsse. Drei Tage danach kam eine Mail, dass sie etwas Geld geerbt und aus dem Hausverkauf bekommen habe, so dass sie nicht zurückkäme. Kurz danach dann dieser Post auf Facebook, wo sie behauptet, nach Australien ausgewandert zu sein. Die Kollegen gehen davon aus, dass sowohl die Mails als auch der FB-Post nicht von ihr stammen, dass also der Mörder im Besitz ihres Laptops sein muss."

Ki spürte, wie sie eine Gänsehaut bekam. Am ganzen Körper. Der Gärtner. Also doch.

„Könnt ihr noch immer keinen Durchsuchungsbeschluss für sein Haus bekommen?"

„Die Kollegen versuchen es, keine Ahnung, ob der Richter genug Gründe dafür sieht."

„Und was ist mit der Zuordnung der Knochen? Haben die das mit den Vermisstenlisten im fraglichen Zeitraum abgeglichen?"

Sonja bejahte. „Es gibt tatsächlich einige Frauen, die in den letzten zwanzig Jahren hier auf Rügen verschwunden sind. Und der Rechtsmediziner hat bestätigt, dass das Alter der Knochen mit diesem Zeitraum korrespondiert. Allerdings dauert es etwas, den DNA-Abgleich mit den Knochen herzustellen.“

Die Gänsehaut auf Kis Unterarmen wurde stärker. Sie spürte ganz deutlich, dass es hier einen Zusammenhang gab, dass sie es mit einem Serienmörder zu tun hatten. Einem Serienmörder mit Faible für bizarre Bestattungsriten und Hang zur Zweitbestattung. Sie beendete das Gespräch mit Sonja, nicht, ohne sich mit ihr für den nächsten Abend verabredet zu haben. Heute Abend hatte sie keine Zeit. Heute Abend wollte sie unbedingt zum Leuchtturm. Ki wusste nicht, warum, aber irgendetwas zog sie dort hin. Und das war nicht nur der Wunsch, das Leuchtfeuer zu sehen. Es war wie eine Ahnung, dass dort der Schlüssel des Geheimnisses lag.

* * *

Bevor sie aufbrach, kontrollierte sie noch einmal den Inhalt der Taschen ihrer Jogginghose. Rechts: Schweizer Armeemesser und *Maglite*, links ihr Handy und Taschentücher. Sie überprüfte noch einmal den Ladestand des Akkus und die Lautlosfunktion. Das Armeemesser hatte 80 Funktionen und Tools, es war ein Geschenk von Martin zu ihrem letzten Geburtstag gewesen. Mit ihm im Gepäck fühlte Ki sich für alles gerüstet. Allerdings wog es auch nicht gerade wenig, und Ki musste die Kordel ihrer Jogginghose fest zuziehen, damit sie nicht vom Messer über ihre Hüfte gezogen wurde. Ihre Haare hatte sie zu einem Schwanz zusammengebunden. Sie trank noch einen Schluck aus ihrer Wasserflasche – das Gewicht wollte sie sich nicht auch noch zumuten – dann begann sie mit ihren Dehnübungen.

Kurz darauf joggte sie unter einem bewölkten Himmel in fast völliger Dunkelheit zwischen den Weizenfeldern auf der schmalen Straße Richtung Leuchtturm. Schon von Weitem sah sie das Leuchtfeuer seine Finger Richtung Meer strecken. Sie zählte mit und nahm den 17-Sekunden-Rhythmus in sich auf. Ihr Körper hatte schnell die für sie perfekte Laufgeschwindigkeit gefunden. Es war ein ganz eigenes Erlebnis, hier, in völliger Dunkelheit zu laufen. Allein mit der Natur und eins mit der Nacht. Kis Gedanken fokussierten sich auf ein Thema: *Wer ist der Täter?*

Sie hatte schon oft erlebt, dass sie, wenn sie durch sportliche Betätigung gezwungen war, alle störenden Gedanken auszublenden und sich nur auf die Abläufe bestimmter Figuren und Bewegungen im Arnis oder auf die Schritte und die Atmung beim Laufen zu konzentrieren, plötzlich ganz neue Zusammenhänge sah. Zusammenhänge, die zuvor im Wust von Gedanken und Überlegungen untergegangen waren. Manchmal kam ihr so eine Erleuchtung auch im Traum, wenn ihr Unterbewusstes das Verdrängte, durch allzu viel Unwichtiges Überlagerte, plötzlich klar und deutlich herausstellte. Irgendetwas hatte sie auch hier wieder übersehen. Der Gärtner stand zu deutlich im Vordergrund, als wäre es schon beschlossene Sache, dass er, auf den doch so viel hinwies, der Mörder war.

*Und wenn es nicht nur einer war?*

Diese Frage ließ sie in ihrem Lauf innehalten. Schwer atmend stützte sie sich mit den Händen auf den Oberschenkeln ab und krümmte den Rücken. *Ruhig, nur ruhig!*, redete sie sich zu und ging langsam weiter. Sie konzentrierte sich auf ihren Atem, atmete bewusst ein und langsam wieder aus. Die Luft schmeckte schon nach der nahen See. Wenn sie den Atem anhielt, hörte sie das leise Rauschen des an die Küste schlagenden Wassers. Links von ihr die Leuchttürme, der große aus seiner Glaskuppel herausstrahlend.

Die Kioske und Restaurants lagen dunkel und still am Weg. Hier war niemand mehr unterwegs. Vor dem Haus, in dem sich die Informationsstation befand, parkte ein Jeep mit dem Logo der Nationalparkranger an der Tür. Was tat um diese Zeit und an diesem Ort ein Ranger, der doch nur für den Nationalpark Jasmund zuständig war? Verdiente er sich hier als Nachtwächter ein Zubrot? Ki wurde mulmig zumute. Sollte das der zweite Mann sein? Die nötigen Kenntnisse und Möglichkeiten hätte er durch seine Arbeit. Vielleicht ein ehemaliger Förster, mit dem Jeep jederzeit, ohne Misstrauen zu erregen, unterwegs im Wald. *Sieh dich einfach vor! Vielleicht gibt es auch eine ganz harmlose Erklärung dafür.* Normalerweise dürfte hier nachts niemand sein. Einen Leuchtturmwärter gab es nicht mehr, es wurde alles von Stralsund aus ferngesteuert, wie sie von ihrem Besuch auf dem Leuchtturm wusste.

Ki ging vorsichtig, das Licht des Leuchtturms ausnutzend, weiter. Wohin wollte sie eigentlich? Als das Leuchtfeuer wieder einmal erlosch, sah Ki auf den hügeligen Wiesen über der Bunkeranlage ein flackerndes Licht. Sechzehn, siebzehn, und das Leuchtfeuer überstrich das ganze Gebiet mit seinem Schein. Bewegte sich da ein Schatten in einer der Senken? Lag dort nicht auch der Eingang zu einem der Bunker?

Ki spürte, wie ihr Herz seine Frequenz erhöhte. Vorsichtig schlich sie sich näher. Fünfzehn, sechzehn, siebzehn – Licht gleißte über die Ebene. Die Mulden lagen im Schatten, die Belüftungsrohre griffen wie Finger aus den Hügeln. Ihr Körper nahm den Rhythmus des Leuchtsignals auf und sie brauchte nicht mehr mitzuzählen. Wenn es dunkel war, ging sie ein paar Schritte, bei Sechzehn duckte sie sich tief ins Gras und verschaffte sich einen Überblick über die nächsten Meter. Der Taschenlampenstrahl war nicht wieder aufgetaucht. Sollte sie sich getäuscht haben? Ein Streich, den ihre Augen ihr gespielt hatten, irritiert von dem gleißenden Licht des Leuchtturms? Plötzlich hörte Ki leises Murmeln. Es kam aus einem der Rohre. Sie kroch in Richtung des Geräuschs. Es wurde lauter und sie erkannte zwei Männerstimmen. Ki stand auf und legte ihr Ohr an die runde Öffnung des Metallrohrs. Wie an- und abschwellende Radiowellen drangen Bruchstücke einer Unterhaltung heraus. „… ist Schluss damit!“ Eine andere Stimme quengelte. „… nicht meine Schuld …“. Ein Scharren, wie von Stuhlbeinen. Wieder die erste Stimme, seltsam verfremdet durch den metallenen Lautsprecher. „… Polizei … Hausdurchsuchung … Fotos … Fragen stellen … Knast gehen …". Was sollte sie tun? Da unten saßen ganz sicher die Typen, die etwas mit den Morden zu tun hatten. Sie könnte anrufen. Den Polizeinotruf oder doch lieber Sonja? Und wenn doch alles ganz harmlos war? Jugendliche, die sich da unten einen Kick holten? Einbrecher, die – was? – mitgehen lassen wollten? Während Ki noch überlegte, hörte sie plötzlich hinter sich ein Rascheln. Die Härchen in ihrem Nacken richteten sich auf und Ki fuhr, die Arme in Abwehrhaltung vor dem Körper, herum. Dabei verfing sich ihr Fuß in einem Loch im Boden und knickte um. Der Schatten, der sich über sie warf, war das Letzte, was sie sah.

* * *

Als sie erwachte, war es dunkel. Dunkel und kühl. Und es roch muffig. Feucht auch. Sie lag auf Betonboden und ihre rechte Seite, auf der sie gelegen hatte, war steif vor Kälte. Und sie merkte, als sie sich aufrappeln wollte, dass ihre Füße und ihre Hände gefesselt waren. Ein Déjà-vu blitzte in ihr auf. Die Garage in Hurghada. Doch diesmal war sie nicht mit einem Strick, sondern mit Klebeband gefesselt. Und diesmal hatte sie eine Möglichkeit, sich der Fesseln leichter zu entledigen. *Bitte gib, dass sie meine Hosentaschen nicht kontrolliert haben!* Ki tastete mit den Fingerspitzen nach ihrer rechten Hosentasche und hätte fast einen Schrei der Erleichterung ausgestoßen, als sie auf ihr Armeemesser traf. Jetzt musste sie das nur irgendwie herausfischen und öffnen. Keine leichte Übung. Sie zog, so gut es mit den gefesselten Händen ging, den elastischen Stoff der Jogginghose über die Hüfte Richtung Po. Schließlich gelang es ihr, die Tasche so weit zurückzuziehen, dass sie mit ihrer Hand hineingreifen und das Messer fassen konnte. Jetzt musste sie nur die richtige Klinge herausspringen lassen. Es war ein kniffliges Unterfangen, doch schließlich gelang es ihr. Sie konnte mit der Klinge das Klebeband durchschneiden. Schnell waren auch ihre Füße befreit und sie richtete sich auf.

Ihr ganzer Körper schmerzte, vor allem der Kopf, auf den sie wohl einen Schlag erhalten haben musste. Auch ihr Knöchel, mit dem sie umgeknickt war, pulsierte heiß. An die Frage, was die Typen mit ihr vorhatten, verschwendete sie keinen Gedanken. *Nur raus hier!*, das war ihr einziges Ziel.

Sie schaltete die Taschenlampe an und leuchtete die Wände ab. Die gebogene Betondecke ließ keinen Zweifel: Man hatte sie in einen der Bunker geschleppt. Allerdings nicht in einen der drei großen, in denen die Ausstellungen waren, sondern in einen der neun kleinen. Er war etwa zehn Meter lang und drei Meter breit. Wie sollte sie hier wieder rauskommen?

Noch einmal leuchtete Ki die Wände ab. An der Rückwand befanden sich ein länglicher Gegenstand, der sich bei näherer Betrachtung als Heizkörper entpuppte, und eine Stromleitung mit einem Lichtschalter. Oben an der Decke war eine Leuchtstoffröhre angebracht und eine Leiter befestigt. Doch die würde ihr hier nichts nützen. Sie betätigte den Lichtschalter und kurz darauf flammte die Leuchtstoffröhre knisternd auf und schickte ihr weißes Licht in jede Ecke des Raumes. Ki ging auf die Tür zu, die sich an der anderen Schmalseite befand und drückte die Klinke hinunter. Nichts. Abgesperrt. Wie zu erwarten war. Ki nahm ihr Messer heraus und klappte alle Teile auf, die sie für brauchbar hielt, um das einfache Buntbartschloss zu knacken. Doch entweder waren die Schraubendreher, Zahnstocher und Ahlen zu kurz oder nicht beweglich genug. Ki fluchte.

Ihr Blick ging erneut zur Decke auf der Suche nach einem Metallstück, mit dem sie das Schloss vielleicht knacken konnte. Da war die Leiter. Und über ihr, in dem kleinen Hohlraum zwischen Decke und Leitersprossen, sah sie eine flache Metallkiste. War da vielleicht Werkzeug drin? Vielleicht sogar ein Ersatzschlüssel? Ki überlegte, wie sie an die Kiste kommen konnte. Die Decke war etwas über zwei Meter hoch. Sie selbst war mit ihren Einsachtzig nicht gerade klein, doch selbst, wenn sie mit ausgestreckter Hand hochsprang, gelang es ihr nicht, die Kiste hervorzuziehen. Sie bekam immer nur die Leiter zu fassen. *Dann eben mit Gewalt!*, beschloss sie und hielt sich beim nächsten Sprung an der Leiter fest, um sie mit ihrem gesamten Körpergewicht nach unten zu ziehen. Beim dritten Sprung gelang es. Die Leiter löste sich aus ihren Verankerungen und kippte seitlich nach unten. So kam auch der auf ihr stehende Kasten ins Rutschen und fiel herab. Ki konnte ihn gerade noch auffangen, bevor er mit lautem Krachen auf dem Boden aufschlagen konnte. Die Leiter wippte und hing noch an einigen Haken, die sie an der Decke gehalten hatten. Ki nahm die Kiste und öffnete den Deckel.

Ein Stapel Fotos. Polaroid. Sie nahm das erste Foto in die Hand. Zuerst drang das, was darauf zu sehen war, gar nicht in ihr Bewusstsein. Als sie es erkannte, musste sie gegen den Brechreiz anschlucken.

Das Foto zeigte eine weibliche Leiche. Nackt. Am Hals die Würgemale konnte man deutlich sehen. Das folgende Foto zeigte dieselbe Frau, wie sie in einem hohlen Baum kauerte. Bis zur Entstehung des nächsten Fotos musste einige Zeit vergangen sein, denn der Leichnam im Baum hatte nichts Menschenähnliches mehr. Aus leeren Augenhöhlen glotzte die Tote den Betrachter an, das Fleisch hing in Fetzen von den Knochen. Ki schaute nicht allzu genau hin und nahm das nächste Foto zur Hand. Hierauf war nur noch der fast vollständig skelettierte Totenschädel zu sehen. An Resten der Kopfhaut hingen noch lange helle Haare. Die Knochen des Schädels waren rot bemalt und im Mund steckte irgendein Metallteil. *Der Totenkult der Moche-Indianer!*, schoss Ki durch den Kopf. Sie drehte die Fotos um und sah, dass auf jedem fein säuberlich ein Datum vermerkt war. Hier hatte jemand regelmäßig die Stadien des Verfalls fotografiert. Ein Verwesungsfetischist. Sie dachte natürlich sofort an den Gärtner, an die Sammlung der merkwürdigen Bücher in seinem Wohnzimmer, die Schrumpfköpfe und den Totempfahl. War er doch der Mörder? Dieses dumme Lied diesmal wahr? Das nächste Foto. Wieder das Gesicht einer Frau. Wieder leblos. Diesmal sah es aus, als schliefe sie. Friedlich. Dann das Nächste: Das hängende Netz am Baum. Durch die

Maschen sah man die Haut. Noch intakt. In der Kiste waren noch mehr Fotos. Viel mehr. Doch Ki konnte sich die anderen Fotos nicht anschauen. *Raus, nur raus hier!* Sie steckte die oberen Fotos in den Hosenbund ihrer Jogginghose und klappte die Kiste wieder zu. Wie nur sollte sie hier rauskommen?

Plötzlich hörte sie das Klappern von Schlüsseln. Das Geräusch näherte sich. Was tun? Gab es nicht Notausgänge? Sie rief sich den Plan ins Gedächtnis, den sie in den Ausstellungsräumen von der unterirdischen Bunkeranlage gesehen hatte. Von dem Hauptmittelgang gingen drei große und vier kleine Röhren nordwärts und fünf kleine sowie ein Sanitätstrakt in entgegengesetzter Richtung. Die Notausgänge befanden sich jeweils am Ende der großen Bunker und zusätzlich zwei auf der gegenüberliegenden Seite am Ende eines kleinen. Doch dieses Wissen nützte ihr überhaupt nichts. Sie wusste nicht, wo sich der Bunker befand, in dem sie gerade saß. Und sie wusste ebenso nicht, ob diese Notausgänge überhaupt noch benutzbar oder längst mit Erde zugeschüttet waren.

Sie hatte nur eine Chance: Überraschungsangriff. Schnell löschte sie das Licht, nahm im Schein ihrer *Maglite* die zerschnittenen Klebebänder wieder auf, klappte die größte Klinge an ihrem Armeemesser heraus und nahm es in die Hand. Dann legte sie sich auf den Boden, drapierte die zerschnittenen Tapestreifen über ihre Fußknöchel, tat so, als seien auch ihre Hände noch hinter dem Rücken gefesselt, und schloss die Augen. Keine Sekunde zu früh. Ein Klicken erklang und Ki hörte, wie die alte Leuchtstoffröhre erneut zum Leben erwachte. Schritte näherten sich. Als sie die Anwesenheit des anderen dicht bei sich spürte, sprang sie auf und stieß ihm das Messer in den Oberschenkel. Sie hatte keine Zeit gehabt, zu zielen oder sich zu überlegen, wo sie den Stich am besten platzieren sollte. Es war Zufall, dass sie gerade den Oberschenkel traf.

Nun sah sie auch, wer da vor ihr stand. Doch sie hielt sich nicht lange mit der Verarbeitung dieser Erkenntnis auf, sondern verpasste dem Bunkerführer noch einen Tritt zwischen die Beine, so dass er stöhnend auf dem Boden zusammensackte, dann sprintete sie zur offen stehenden Tür. Gernot Fabian hatte den Schlüsselbund draußen an der Tür stecken lassen. Glück für Ki. Sie schloss die Tür ab und zog den Schlüssel aus dem Schloss. Jetzt befand sie sich im Hauptgang, von dem die einzelnen Röhren rechtwinklig abzweigten. Sie wusste, dass es an beiden Enden des Ganges eine Tür gab. Die, zu der sie mit der Gruppe hinein gelangt war und die, die als Ausgang diente. Und sie nahm an, dass sein Kumpan, wer immer es auch war, an einer davon wartete. Ki entschied sich schnell und rannte in Richtung Ausgang.

Eine Stahltür. Verschlossen. Ki probierte alle Schlüssel aus, die an ihrem Bund in Frage kamen. Ihre Hände zitterten. Schließlich passte ein Schlüssel und sie konnte die Tür öffnen. Vorsichtig schob sie die Tür auf und spähte nach draußen. Alles schien ruhig und dunkel zu sein. Sie presste sich durch die Türöffnung und kroch den Hang hinauf, der rutschig und feucht war. Gebückt rannte sie in Richtung Leuchtturm. Vierzehn. Fünfzehn. Sechzehn. Ducken. Das Licht erhellte die Umgebung für wenige Augenblicke und Ki versuchte, den zweiten Mann zu lokalisieren. Wahrscheinlich wartete er am anderen Ende des Ganges vor dem Eingang. Der war von hier aus nicht einzusehen, weil er beidseits von Böschungen begrenzt war. *Warum rennst du geradewegs auf ihn zu?* Ki war verwirrt. Sollte sie sich nicht lieber einen anderen Weg zurück suchen? Oder sich verstecken, bis die Luft rein war? Während sie noch überlegte, ertönte hinter ihr ein Klicken. Ein Geräusch, das ihr nur allzu bekannt aus der Polizeischule war. Ein Geräusch, das ein Sicherungshebel machte, wenn er gelöst wurde. Sie widerstand dem ersten Impuls aufzustehen und wegzulaufen. Das wäre nun wirklich die dümmste Idee in ihrer gegenwärtigen Situation. Sie lag erstarrt und hoffte darauf, dass ihr das Gehör einen Streich gespielt hatte. Eine streunende Katze, die über einen Zweig gelaufen war. Vielleicht hatte auch sie mit ihrem Schuh etwas zerbrochen, ohne es gemerkt zu haben. Die Stimme zerstörte ihre Hoffnung.

„Aufstehen! Ganz langsam, und die Hände nach oben!“ Sie tat, was die Stimme verlangte. Wo kam der jetzt so schnell her? Was hatte sie falsch gemacht? Der nächste Befehl kam sofort. „Geh in Richtung Leuchtturm!“ Eine Taschenlampe wurde eingeschaltet und wies ihr den Weg. War es der Gärtner? Ki konnte es nicht genau sagen. Das Rauschen des Blutes in ihren Ohren war einfach zu laut. *Ruhig! Du musst deinen Grips zusammennehmen, sonst bist du geliefert!*

Sie gingen bis zum Bunkereingang. „Setzen!“, befahl die Stimme, und Ki hockte sich auf die Stufen, die zum Eingang hinaufführten. Noch immer konnte sie die Person nicht sehen, die einige Meter entfernt stand. Jetzt steckte der Mann die Taschenlampe ein und blieb etwa zehn Meter von ihr stehen. „So, so, die neugierige Frau Stein“, begann der Mann erneut, und jetzt war sich Ki sicher, Dirk Teubner, den Gärtner vor sich zu haben. Sie entschloss sich, vorerst zu schweigen. Der Leuchtturm schickte sein Licht in Richtung Ostsee und nun fand sich Ki in ihrem Verdacht bestätigt. Vor ihr stand der Gärtner, die Haare wie immer zu einem Schwanz gebunden, um die Stirn ein Band.

„Wissen Sie nicht, dass es verboten ist, allein die Bunkeranlagen zu betreten? Noch dazu nachts? Tsss tsss.“

Ki schwieg weiter. Auch wenn ihr eine Entgegnung auf der Zunge lag. Doch hier war nicht ihre Schlagfertigkeit gefragt. Hier ging es, wie sie befürchtete, um nichts weniger, als um ihr Überleben. Wollte der Typ vielleicht rausfinden, wie viel sie wusste? Die Polaroids brannten auf Kis Haut.

Der Gärtner griff mit der Linken in die Tasche seiner weiten Jacke und zog eine Kamera heraus. Ki schluckte. Es war eine dieser Sofortbildkameras, mit der vielleicht auch die Fotos unten in der Kiste gemacht worden waren. Er aktivierte sie und hielt sie sich mit einer Hand vors Gesicht. Die andere mit der Pistole hielt er weiterhin auf Ki gerichtet. Es klickte und ein Blitz erhellte die Dunkelheit. Fast gleichzeitig strich auch wieder das Leuchtfeuer über die Wiese. Mit den Zähnen zog Teubner das Foto aus dem Schlitz und steckte die Kamera wieder in die Tasche. Dann nahm er das Foto aus dem Mund und wedelte damit.

„Na, mal sehen, was das für eine nette Serie wird. Mit Ihnen habe ich nämlich was Besonderes vor. Sie dürfen sich glücklich schätzen, dass ich Ihren Körper dafür vorgesehen habe, durch Mumifizierung unsterblich zu werden. Was sagen Sie dazu?“

*Ein Verrückter! Ein Irrer!* Kis Gedanken überschlugen sich. Wie sollte sie hier nur wieder heil herauskommen? Diesmal stand kein Martin Bender bereit, um sie in letzter Minute zu retten. *Reiß dich zusammen! Streng deinen Grips an und heul hier nicht rum!*

„Wissen Sie, wie der Vorgang dabei sein wird? Zuerst schneide ich ihren Bauch auf und entferne die inneren Organe. Die Ägypter haben diese, wie Sie vielleicht wissen, in sogenannten Kanopenkrügen beigesetzt. Ich werde schauen, dass ich ein paar Tonkrüge beschaffe, in denen ich es genauso machen werde. Dann ziehe ich mit einer langen gebogenen Nadel Ihr Hirn durch die Nase. Das geht aber nicht so einfach, wie sich das manche vorstellen. Man muss zuerst die Hirnhaut aufschneiden und das Gehirn verquirlen, bis es eine dickflüssige Konsistenz hat. Dann muss man ein paar Tage warten, bis es sich durch die Verwesung so weit verflüssigt, dass man es herausziehen kann. Dazu muss man das Siebbein durchstechen und die Nasenlöcher künstlich erweitern.“ Der Gärtner schaute Ki abwartend an. Doch Ki tat ihm nicht den Gefallen, sich ihr Entsetzen durch eine Reaktion anmerken zu lassen. Sie versuchte, ruhig zu atmen, und ihre Gedanken waren unablässig damit beschäftigt, sich eine Fluchtmöglichkeit zu überlegen. Dirk Teubner erzählte weiter.

„Dann gieße ich heißes Salböl in Ihren Schädel, das stelle ich selbst her aus Bienenwachs, Harz und Pflanzenölen. Wissen Sie, ich hatte schon Gelegenheit, die perfekte Mischung an Tieren auszuprobieren. Sie sollen jetzt mein Gesellenstück werden." Er lachte irre. Kis Körper wurde von einer Gänsehaut überzogen. *Warum muss ich immer an so kaputte Typen geraten?*

„Nachdem ich den Körper innen mit Desinfektionsmittel ausgewaschen habe, fülle ich Natronpulver hinein, um ihm die Feuchtigkeit zu entziehen. Die Trocknung dauert ungefähr einen Monat. Dann wird der Körper wieder mit Salböl eingerieben und mit verschiedenen Dingen ausgefüllt. Schließlich wollen wir doch die schöne Form erhalten, nicht wahr? Was ich dafür nehmen werde, weiß ich noch nicht so genau, aber da wird mir sicher noch das ein oder andere einfallen. Zum Schluss umwickle ich Sie mit Binden."

„Und dann?"

Es war das Erste, was Ki sagte, seit sie dieser Verrückte in seine Gewalt gebracht hatte. Er schien darüber überrascht zu sein. „Und dann? Was soll das heißen: Und dann? Dann habe ich eine echte Mumie. Na, ja, fast echt. Die ganzen Kräuter, die die alten Ägypter verwendet haben, gibt es hier nun mal nicht. Das Klima hier ist auch nicht gerade bestens geeignet, gebe ich zu. Vielleicht schimmelst du ja auch, was weiß ich? Hinterher bin ich schlauer."

„Schon klar. Aber wo werden Sie die Mumie aufbewahren?"

„Na wo wohl? Bei mir zu Hause natürlich."

„Ach ja, dort, wo schon die netten Schrumpfköpfe sind und die Fachliteratur, die wahrscheinlich jetzt in diesem Moment gerade die Kriminalpolizei unter die Lupe nimmt." Es war ein Versuchsballon, etwas, das Ki gerade so in den Sinn gekommen war. Gespannt wartete sie auf seine Reaktion.

„So ist das! Du warst also in meiner Hütte. Hab ich doch gleich gemerkt, dass da jemand rumgeschnüffelt hat! Die Bullen sind dort? Dass ich nicht lache! Als ob die jemals nachts eine Durchsuchung machen! Und wenn schon! Ich hab nichts zu verbergen! Alles Mitbringsel von meinen Reisen. Wer soll da schon was dagegen haben!"

*Entweder ist das, was dort gelagert ist, wirklich harmlos oder er ist ein guter Schauspieler.*

„Man wird sicher Spuren finden, die zu einigen verschwundenen Frauen führen."

Der Gärtner lachte. „Ach so, du glaubst, ich hätte diese Frauen umgebracht? Nein, nein, da bist du auf dem Holzweg. Das war alles mein lieber Freund Gernot. Der, den du, wie auch immer, überwältigt hast. Mich können sie höchstens wegen Vertuschung einer Straftat oder Störung der Totenruhe drankriegen."

Ki schnaubte. „Das können Sie Ihrer Großmutter erzählen, das wird Ihnen sowieso niemand abnehmen!"

Der Typ kam einige Schritte auf Ki zu und alle Muskeln in ihrem Körper spannten sich an. Er fauchte: „Hör mal zu du kleine Miss Allwissend. Es ist, wie ich sage: Mit den Morden habe ich nichts zu tun."

Der Gärtner lehnte sich an das Geländer, das den Weg zur Bunkertür begrenzte. Es schien eine längere Erzählung zu werden. „Gernot und ich, wir kennen uns schon seit der Schulzeit. Beste Freunde und so. Im Sommer Neunundachtzig hatte Gernot eine Freundin. Seine erste. Eines Nachts kam er zu mir und erzählte, dass sie ihn verlassen wollte und er die Nerven verloren hatte. Er hatte sie erschlagen. Er bettelte mich an, ihm bei der Beseitigung der Leiche zu helfen. Damals arbeitete ich als Friedhofsgärtner und wir hatten am nächsten Tag eine Beerdigung. Also haben wir die Leiche einfach zu der anderen mit in den Sarg gelegt. Ihre Sachen haben wir ans Ufer der Steilküste gelegt, so dass es aussah, als hätte sie sich ertränkt. Oder vielleicht versucht zu fliehen. Das haben damals ja einige gemacht."

Ki schluckte. So hatte es also angefangen. Sie war sich fast sicher, dass der Gärtner die Wahrheit sagte. Gespannt wartete sie darauf, dass er weiter erzählte. *Die Zeit arbeitet für dich. Vielleicht kannst du ihn so lange aufhalten, bis jemand kommt. Oder bis es Tag wird.*

„Gernot war als Berufssoldat bei der NVA, hier im Bunker. Ich war politisch eher auf der anderen Seite. Unangepasst, ständig in Konflikt mit den Behörden. *Schwerter zu Pflugscharen* und so was. Na, ja, dann kam ja zum Glück die Wende und ich konnte reisen. Was ich auch ausgiebig getan habe. Südostasien, Südamerika, Australien. War eine aufregende Zeit. Und die Sachen, die du bei mir im Haus gesehen hast, hab ich mir von dort mitgebracht. War halt meine Art von Souvenir. Andere bringen sich Muscheln und Lamamützen mit, mich hat halt schon immer der Tod fasziniert. Also habe ich gelesen und auch in den Ländern hautnah miterlebt, wie die dort mit ihren Toten umgehen. Warum nicht? Ist ja ganz natürlich, oder? Der Tod gehört zum Leben."

Er machte eine Pause und lauschte. War da das Geräusch von Schritten gewesen? Ki war sich nicht sicher. Der Lichtstrahl des Leuchtturms glitt erneut über das Gelände. Ki konnte nichts Verdächtiges sehen. *Vielleicht gibt es einen einsamen nächtlichen Wanderer, einen Fischer vielleicht, der Hilfe holen kann.*

Ein anderer Gedanke peitschte durch ihre Gehirnwindungen: Wenn da unten der Bunkerführer war und hier der Gärtner, wo war dann der Ranger? Gehörte er zu denen, sicherte er irgendwo das Gelände vor ungebetenen Zuschauern?

Dirk Teubner erzählte weiter. „Nach ein paar Jahren, als ich gerade von einer Reise aus Asien zurück war, kam Gernot wieder zu mir. Er hatte eine Nutte erwürgt. Sie hatte ihn wohl mit irgendwas provoziert. Vielleicht mit seinem verkrüppelten Bein. Seit dem Unfall hatte er noch weniger Chancen bei Frauen. Er wurde immer verbitterter. Job weg und nichts Gescheites zu finden. Wieder bat er mich, bei der Beseitigung der Leiche zu helfen. Er hat mir leidgetan. Ich hab dann das, was ich dort in Tibet gesehen habe, gleich angewendet. War eine ganz schöne Sauerei, den Körper zu zerteilen. Wir haben die Einzelstücke dann an verschiedenen Stellen im Wald ausgelegt, damit sie von Tieren und Vögeln entfleischt werden konnten. Nach ein paar Wochen sind wir dann rumgegangen und haben die Knochen wieder eingesammelt. Zweitbestattung, das machen viele Völker heute noch, nicht nur die in der Steinzeit. Und Gräber gibt es hier ja genug. Was soll ich sagen, alle paar Jahre kam Gernot und bat mich um Hilfe. Er hatte sich einfach nicht im Griff, was Frauen angeht. Die Polin war die Letzte. Die Vorletzte, wenn man dich mitzählt." Sein Grinsen war wegen der Dunkelheit zwar nicht zu sehen, doch Ki spürte es deutlich und ihr Nacken versteifte sich.

„Keine Ahnung, was die Weiber an dem finden. Die Polin war doch viel zu jung für ihn. Aber sie wollte mit ihm weg. Nur für ein paar Tage. Da hat sie die Ausrede mit der Krankheit ihres Vaters erfunden. Ein Glück, dass sie ihren Laptop dabei hatte. So konnten wir falsche Spuren legen. Na, ja, dummerweise sind Sie ja dann über ihre Leiche gestolpert. Schade, denn der Versuch mit dem Netz war faszinierend. Obwohl", er machte ein nachdenkliches Gesicht, „ich mir erhofft hatte, dass die Vögel sich an der Leiche gütlich tun. Haben sie aber nicht. Warum auch immer. Aber die Fliegen haben ja dann dafür gesorgt, dass doch noch ein paar gute Fotos dabei rausgekommen sind. Ich kann Ihnen gern mal die Fotos von den einzelnen Verwesungsstadien zeigen."

„Die Fotos, die unten in der Kiste liegen? Haben Sie sich deshalb heute hier getroffen, um die Fotos aus Ihrer Wohnung an einen sicheren Platz zu bringen?"

Der Gärtner sah aus, als setze er zum Sprung an. Ki straffte sich. *War das jetzt schlau?*

Dirk Teubner stieß sich von dem Geländer ab und kam weiter auf sie zu. „Schluss jetzt mit dem Gequatsche. Wir gehen jetzt da rein und erledigen den Idioten. Das heißt, DU erledigst ihn. Dann lassen wir jede Menge Spuren und Hinweise bei ihm, die nur dich als Täterin in Frage kommen lassen. Und dann", er hielt einen Moment inne, als wolle er sich die folgenden Worte auf der Zunge zergehen lassen, „dann verschwindest du."

Bevor er bei Ki angekommen war, erklangen ein metallisches Knacken und gleich darauf eine Stimme. „Halt! Bleib stehen, du perverser Mistkerl und heb ganz langsam die Hände! Dann lässt du die Waffe fallen und drehst dich um."

Der Gärtner stand jetzt nah genug, dass Ki sein Gesicht sehen konnte. Grenzenloses Erstaunen lag in seinen Zügen. Nach einer, ihr unendlich lang erscheinenden Ewigkeit tat der Gärtner, wie ihm befohlen worden war. Jetzt stand er mit dem Rücken zu ihr. „Tim, was soll das werden? Was machst du hier?"

Der Angesprochene leuchtete Ki mit einer Taschenlampe ins Gesicht. „Sind Sie okay?"

Kis Stimme war kratzig. „Ja, geht schon."

Tim, von dem Ki nur schemenhaft die Gestalt sehen konnte, hielt ein Gewehr in der Hand. Es war auf den Gärtner gerichtet. „Ich wollte einfach mal wissen, wozu ihr euch immer meinen Jeep ausborgt. Es gab in den letzten Jahren ein paar Frauen zu viel auf der Insel, die verschwunden sind. Und jetzt die tote Frau im Wald. Da habe ich mal eins und eins zusammengezählt. Und bin euch gefolgt. Was für perverse Schweine habe ich da meine Freunde genannt!"

„Jetzt mach mal nen Punkt! Du musst dich grad hier aufspielen als der Obermoralapostel! Dabei bist du es gewesen, der der Stasi als IM immer schön Informationen über mich geliefert hat! Denkst du, das weiß ich nicht? Ich hab meine Stasi-Akte gründlich gelesen. Und wegen Leuten wie dir hab ich nirgends einen Fuß auf den Boden gekriegt. Konnte nicht studieren, stand immer am Rand der Gesellschaft. Der ewige Außenseiter. Und jetzt willst du mir hier was von Moral erzählen?!"

Ki räusperte sich. „Da drinnen ist der andere eingesperrt. Er ist verletzt, ich weiß nicht, wie schwer. Vielleicht sollten wir einen Krankenwagen rufen."

Tim forderte sie auf, mit ihrem Handy den Polizeinotruf zu wählen und dort auch gleich einen Notarztwagen anzufordern. Ihre Stimme zitterte, während sie mit dem Diensthabenden auf der Leitstelle telefonierte.

War jetzt alles ausgestanden? War sie in Sicherheit?

„Nehmen Sie die Pistole auf und kommen Sie hier herüber!", forderte sie Tim auf, als sie das Gespräch beendet hatte.

Kis Hand griff schon nach der Waffe, doch sie stockte plötzlich. „Ich möchte lieber nicht meine Fingerabdrücke darauf hinterlassen“, sagte sie.

„Haben Sie kein Taschentuch einstecken?“

Ki zog eines ihrer Papiertaschentücher aus der Hose und umwickelte damit den Griff der Pistole. Dann nahm sie sie vorsichtig auf und ging in großem Bogen um den Gärtner herum zu dem wartenden Ranger.

„Stecken Sie die Pistole in meine linke Jackentasche!“

Ki tat, was er verlangte. Der Gärtner gab sich noch nicht geschlagen. „Hör mal Tim, meinst du nicht, es wäre jetzt eine gute Gelegenheit, das Unrecht, das du mir angetan hast, wieder gutzumachen? Du bringst die Kleine in ihr Hotel und ich bin verschwunden, noch ehe die Bullen hier aufkreuzen. Ich löse mich einfach in Luft auf. Darin hab ich eine gewisse Übung.“ Ki spürte, wie er lächelte. Der Typ hoffte doch wirklich, er würde davonkommen. Der Ranger schaute sie kurz an, und der Lichtstrahl des Leuchtturms, der in diesem Moment wieder über das Gelände fuhr, erhellte sein besorgtes Gesicht.

„Sie zittern ja am ganzen Körper. Wollen Sie so lange im Auto warten?“

Ki nickte. Sie war auf einmal endlos müde. Wollte nur noch schlafen. Vorher eine lange heiße Dusche.

„Greifen Sie in meine rechte Jackentasche, da ist der Zweitschlüssel des Wagens.“

Ki fand den Schlüssel und ging zum Jeep. Als sie

hinter dem Lenkrad saß, fühlte sie sich ein wenig sicherer. Sie könnte jederzeit, wenn Gefahr drohte, davon fahren. Trotzdem zwang sie sich, die Augen offen zu halten und die beiden Männer, die immer noch auf ihren Positionen verharrten, im Auge zu behalten.

*Wo bleibt nur die Polizei? Lange halte ich nicht mehr durch.*

Ki zählte die Sekunden bis zum nächsten Leuchtfeuer. Fünfzehn. Sechzehn. Siebzehn. Die Männer schienen immer noch zu diskutieren. Der Gärtner war jetzt Tim, dem Ranger, gefährlich nahe gekommen. Das Gewehr hatte dieser längst mit der Mündung zu Boden gesenkt. Ob das gut ging? Ki wollte etwas rufen, ihn warnen. Sie hatte das Gefühl, dass gleich etwas Schlimmes passieren würde. Aber ihre Glieder fühlten sich an, als wären sie mit Blei gefüllt. Sie wollte das Geschehen mit dem Licht des Autos beleuchten; allzulange lag das Gebiet im Dunkeln. Siebzehn lange Sekunden. Sie startete den Wagen, schaltete das Fernlicht ein. Sah - nichts. War geblendet. Wo waren die Männer? Ein ohrenbetäubender Knall dröhnte in ihren Ohren. Ein Knall, dem gleich darauf ein Schlag vor ihren Kopf folgte. Ki versank in einem gnädigen Dunkel.

* * *

Als Ki erwachte, wusste sie nicht, wo sie war. Ihr Mund war trocken, ihr Kopf schmerzte und das, was sie sah, als sie die Augen öffnete, war verschwommen. Unscharf. Sie krächzte. War das ihre

Stimme? Der Schemen eines Gesichts, das sich über sie beugte. „Sie ist wach. Gottseidank."

Ki kannte die Stimme. Auch, wenn sie noch keinen Namen zuordnen konnte. Eine Frauenstimme. Wieder krächzte sie. Die Frau schien zu wissen, wonach Ki fragte. Sie fühlte, wie ihre Hand gedrückt wurde. „Hallo Gundula … äh … Ki. Du bist im Krankenhaus. Ich bin Sonja. Du hattest einen … ähm … Unfall. Ich habe deinen Freund angerufen. Martin. Er müsste bald hier sein."

Sonja. Martin. Sie wusste, dass sie beide kannte. Kennen sollte. Aber es verband sich nichts mit ihren Namen. Ebenso wenig wie sie sich an die letzten Stunden, Tage, Wochen, erinnern konnte. Sie war nur müde. So schrecklich müde. Als habe sie ein Leben lang nicht mehr geschlafen. Ki schloss die Augen und dämmerte wieder weg.

* * *

Ihr Gesicht sah ihr fremd aus dem Spiegel entgegen. Heute wagte sie den ersten Blick seit ihrem Unfall hinein. *Soll ich diese Frau sein?* Die Haut spannte sich straff über ihren Wangenknochen. Die Augen blickten sie übergroß an. Ki entdeckte neue Falten und eine Narbe, deren Beginn über ihrem linken Ohr lag. Die Haare waren raspelkurz, so kurz, wie sie sie nur in ihrer Leipziger Perückenzeit getragen hatte.

Ein zweites Gesicht tauchte hinter ihrem im Spiegel auf. Dieser Mann war ihr mittlerweile wieder vertraut geworden. Ihre Erinnerung war zurückgekehrt. Zumindest an alles, was vor diesem unglückseligen Tag geschehen war.

Alles andere hatte man ihr erzählt. Auch, dass der Gärtner durch die Autoscheibe auf sie geschossen hatte. Die Kugel war zum Glück abgefälscht worden und hatte ihren Kopf nur gestreift. Man hatte sowohl ihn als auch seinen Kumpan festgenommen und wegen verschiedener Straftatbestände angeklagt. Ganz sicher würden sie beide für einige Zeit im Knast verschwinden. Der Ranger war niedergeschlagen worden, hatte sich aber schon bald erholt.

Jetzt hatte man auch endlich die anderen Großsteingräber auf Rügen untersucht und in einigen noch Skelettteile der vermissten Frauen gefunden. Die Köpfe, sechs an der Zahl, hatte man, in eine Plane eingeschlagen, im Jeep gefunden. Unterschiedlich erhalten, teilweise vollständig skelettiert und bemalt. Vermutlich waren die Männer gerade dabei gewesen, sie irgendwo für immer verschwinden zu lassen. In einer Kühltruhe, versteckt unter einem doppelten Boden im Keller des Gärtners hatten die Spurensicherer Gewebereste und Haare sichergestellt, die zu den Köpfen gehörten. Sie waren bis zu diesem Abend dort „eingelagert“ gewesen.

Martin umfing sie mit seinen Armen und legte den Kopf auf ihre Schulter. So standen sie lange. „Den nächsten Urlaub verbringen wir an einem Ort, wo wir garantiert über keine Leichen stolpern“, sagte er gerade und küsste sie in die Halsbeuge. Ki drehte sich zu ihm um und drückte ihm die Lippen auf den Mund. „Hast du schon eine Idee,

wo das sein könnte?"
„Grönland?"
„Wie kommst du darauf, dass es dort keine Leichen geben würde? Durch die Erderwärmung ist die Chance groß, dass Leichen, die im ehemals ewigen Eis versteckt waren, gerade dann wieder zum Vorschein kommen, wenn wir dort sind."
„Island?"
„Ach, und was ist, wenn die Einzelteile einer Leiche, die auf Nimmerwiedersehen in einem der Vulkane verschwunden ist, plötzlich mit einer Eruption durch die Gegend fliegen?"
„Du machst mir ja Hoffnung! Es scheint ja wirklich keinen sicheren Urlaubsort zu geben." Martin machte ein bekümmertes Gesicht. „Weißt du was, wir bleiben einfach zu Hause in Leipzig. Da kann ich mich mit meinen Kollegen um die gefundenen Leichen kümmern und gleichzeitig auf dich aufpassen."
Ki grinste gequält. „Das könnte dir so passen! Wenn du meinst, dass du jetzt die richtige Begründung dafür hast, nicht mehr mit mir in den Urlaub fahren zu müssen, hast du dich aber geschnitten."
Martin drückte sie fest an sich. „Ach, weißt du, über den nächsten Urlaub mache ich mir jetzt noch keine Gedanken. Ich muss mich erstmal von dem Urlaub hier erholen!"

ENDE

Liebe Leserinnen und Leser! Ich hoffe, Ihnen hat dieser Thriller gefallen. Er ist der vierte meiner Ki-Reihe, und er fällt in mancherlei Hinsicht „aus dem Rahmen". Die drei vorherigen Bände sind länger. Und sie sind nicht nur – wie der hier vorliegende – aus einer Perspektive erzählt. Außerdem habe ich hier keine Unterteilung in Kapitel verwendet. Weil in den drei vorherigen Romanen die Ermittlungsarbeit der Kriminalpolizei eine wichtige Rolle einnimmt, bezeichne ich sie als Krimis. Den hier vorliegenden hingegen als Thriller. Ich weiß, dass die Einordnung nicht immer leicht ist. Und die Jury, die meinen ersten Leipzig-Krimi „Gottesgericht", mit dem 1. Leipziger Krimipreis ausgezeichnet hat, schrieb in ihrer Laudatio: «Gottesgericht» vereint die Elemente des Psycho-Thrillers und der klassischen Kriminalgeschichte aufs Trefflichste.
Mit „Luftgrab" wollte ich meinen Fans die Zeit bis zum nächsten regulären Band (mittlerweile ist er unter dem Titel „Hurenlohn – Ki und der Preis der Liebe" erschienen) verkürzen. Außerdem wollte ich durch den dauerhaft niedrigen Preis von 1,99 € sowie die regelmäßig stattfindenden Gratis-Aktionen das Interesse von Lesern wecken, die die anderen Bände noch nicht kennen. Falls Sie also die beiden Protagonisten Ki und Bender interessant finden, schreibe ich Ihnen kurz den Inhalt der vorhergehenden Fälle auf:

## Gottesgericht – Ki und die Schatten der Vergangenheit

**Handlungszeitraum:** September 2009

**Kurzbeschreibung:** Kirsten Stein, genannt Ki, lebt versteckt in einer alten Fabrikhalle und verdient ihr Geld als Detektivin. Als sie zwei ihrer Klienten ermordet in deren Wohnung findet, schnappt sie sich die verwaiste Katze und flüchtet vom Tatort. Wenige Tage später ist auch die Katze tot – gekreuzigt an der Tür jener Galerie, in der Ki in Kürze ihre Foto-Ausstellung eröffnet. Spätestens jetzt beginnt Ki sich zu fragen, was das alles mit ihr zu tun hat – und welche Rolle ihre Vergangenheit dabei spielt.

Dieser Krimi ist im fhl Verlag Leipzig erschienen und ebenfalls als E-Book und Print (auch in allen Buchhandlungen) erhältlich. Von mehreren Redakteuren wurde meine Protagonistin Kirsten Stein mit Stieg Larssons Figur Lisbeth Salander verglichen.

## Elstertränen – Ki und die verlorenen Kinder

**Handlungszeitraum:** April 2010

**Kurzbeschreibung:** Ein Mann findet die nackte Mädchenleiche der 8-jährigen Ilka Weiß im Elsterflutbecken. Während die eingerichtete Soko fieberhaft nach dem Täter sucht, verschwindet wieder ein Mädchen. Auch Ki ermittelt mit ihren Methoden im Pädophilenmilieu. Dieser Krimi ist ein Beitrag zu der, teilweise mit wenig Sachverstand geführten Debatte um Pädophilie und Pädokriminalität.

## Liebeslügen - Ki und das Geschäft mit den Gefühlen

**Handlungszeitraum:** Januar - März 2011

**Kurzbeschreibung:** In Leipzig wird Anna al-Hamid erwürgt aufgefunden. Ihr marokkanischer Ehemann, der mit dem gemeinsamen 2-jährigen Sohn in seine Heimat geflohen ist, steht unter dringendem Tatverdacht. Die Auslieferungsbestimmungen lassen jedoch keinen Zugriff der Strafverfolgungsbehörden zu. Für Hauptkommissar Martin Bender und sein Team ist dies zutiefst unbefriedigend. Bei ihren Ermittlungen im Umfeld des Verdächtigen und in der Familie des Opfers erfährt Bender zum ersten Mal von einem Geschäft, das unter dem Begriff *Bezness* bei den Betroffenen bekannt ist. Frauen aus Europa verlieben sich im Urlaub in afrikanischen Ländern in Einheimische, die durch Vorspielen von Gefühlen versuchen, an das Geld dieser Frauen zu kommen oder durch Heirat eine Aufenthaltsgenehmigung zu erhalten.

Ki hat es mit einem solchen Fall zu tun. Eine Mutter beauftragt sie, ihre in Ägypten verschwundene Tochter zu suchen. Es ist die Zeit des arabischen Frühlings. Ki fliegt Anfang März 2011 nach Hurghada, um dort nach Simone Rosenau zu suchen. Auch sie selbst gerät bei dieser Suche in Gefahr.
Ein Krimi um vorgetäuschte Gefühle, enttäuschte Erwartungen und Hoffnungen, und den verzweifel-

ten Wunsch vieler Männer, aus Elend und Perspektivlosigkeit in ein scheinbar besseres Leben zu gelangen.

## Hurenlohn - Ki und der Preis der Liebe

**Handlungszeitraum:** September 2014 - April 2015

**Kurzbeschreibung:** Dieser Krimi führt den Leser hinein in den Sumpf aus Zwangsprostitution und Menschenhandel. Es geht um Loverboys, Cristal Meth und Frauen, die aus Not und Angst um ihre Familien zu Hause ihre Heimat verlassen und in Deutschland unter unwürdigsten Bedingungen die Wünsche von Freiern befriedigen sowie den ständigen Gewalttätigkeiten ihrer Zuhälter ausgesetzt sind. Ki ermittelt auch hier im Milieu und Martin Bender hat es mit einem erschossenen Mann zu tun.

Wenn Sie diesen vorliegenden oder einen der vorausgegangenen Krimis gut fanden, würde ich mich über eine Rezension auf Amazon oder Ihrem Blog freuen. Auch persönliche Empfehlungen über soziale Netzwerke oder einfach mittels Mund-Propaganda helfen uns Self-Publishern, von unseren Einnahmen aus den Buchverkäufen zu leben.
Mit Kritik können Sie sich gern an mich direkt wenden. Schreiben Sie mir einfach eine E-Mail: lottercornelia@gmail.com
Und noch etwas: Um die einzelnen Bände verstehen zu können, muss man nicht die Vorgänger gelesen haben. Jeder Band steht für sich allein.
Wenn Sie keine Scheu vor deutlich beschriebenen Szenen und einer etwas blutigen Handlung haben, ist vielleicht mein Kannibalenthriller „Einverleibt“ etwas für Sie. Ich habe ihn unter meinem Pseudonym Tom Teller veröffentlicht.

## Danksagung

Auch bei diesem Buch haben mich bei der Recherche unterstützt, wofür ich mich ganz herzlich bedanken will:

**Torsten Zumpf** – Modern-Arnis-Trainer im Polizeisportverein Leipzig e.V.

**Dr. Karlheinz Thiele** – Oberarzt am Rechtsmedizinischen Institut der Universität Leipzig

Wenn Sie, lieber Leser, Fehler finden, so sind sie allein mir anzulasten.

5209446R00076

Printed in Germany
by Amazon Distribution
GmbH, Leipzig